광고천재 이제석

2nd Edition

학고재

광고천재 이제석

세계를 놀래킨 간판쟁이의 필살 아이디어 2nd Edition

이제석

학고재

오늘,
맘껏
살아보라

어느 날 갑자기 신문과 방송에 이제석이란 내 이름이 오르내렸다.
뉴욕 광고쟁이들도 제스키(미국에서 부르던 내 애칭)를 대접하기
시작했다. 살다 보니 이런 일도 다 있다. 남들 보기에 공부 못하는
불량학생, 사회에 적응 못 하는 '루저'였던 내게 말이다.

나는 내 나라에서는 새는 바가지였다. 대학을 수석 졸업했는데도
나를 반겨주는 회사는 한 군데도 없었다. 광고쟁이가 광고만
잘하면 되지 왜 토익 성적이 필요하고, 왜 명문대 간판이 필요한
걸까? 창의력을 이런 잣대로 잴 수 있는가?

나는 나의 가치를 인정해주는 곳을 찾아 뉴욕행 편도 비행기 표를
끊었다. 내 나라 밖, 더 넓은 세상 속에서의 나는 더 이상 새는
바가지가 아니었다. 뉴욕에서 단 2년 동안 전 세계 광고공모전을
거의 싹쓸이하다시피 했고 내로라하는 세계적인 광고회사에서
일했다. 제대로 된 면접 한 번 못 보고 이를 북북 갈며 뉴욕으로
날랐지만 '뿌린 대로 거둔다'는 믿음을 놓지 않았기 때문이다.

안에서 새던 바가지가 밖에서 인정받자 이제 안에서도 인정하게
됐다. 그게 남들 눈에는 인생역전처럼 보였던 걸까? 루저라 불리는
칙칙한 청춘들에게 희망의 빛을 던져주는 등대쯤으로 보이는

걸까? 나보고 자꾸 말을 하라고 한다. 세상에는 너같이 인정 못 받는 젊은 청춘이 많다고.

그럼 내가 성공해서 이런 책을 내는 걸까? 스물아홉이란 나이는 성공과 실패를 논할 나이가 아니다. 나는 그저 순간순간 외롭고 순간순간 구박받았지만 꼴리는 대로 살았다. 초등학교와 중학교 때는 교과서에 낙서질만 해대고, 고등학교 때는 화실에서 미친놈처럼 그림만 그렸다. 대학에서 남들 미팅이다 뭐다 하고 다 놀 때는 죽어라 공부했고 회사가 안 받아주면 내 식대로 동네 간판쟁이 하면서 버텼다. 말발 없으면 살아남기 어려운 뉴욕 광고판에서도 나는 내 식대로 아이디어 스케치 하나만 달랑 디밀었다. 남들이 몰라줄 때도 하고 싶은 걸 했다.

광고쟁이는 광고 하나로 보여주면 된다. 뭐 미주알고주알 밝힐 게 있겠는가! 그래서 이 책도 밍기적거리다 내는 거다. 내가 하고 싶은 말은 간단하다. "판이 불리하면 뒤집어라!"

그 판에 억지로 적응하느니 판을 바꾸려고 노력하자는 것이다. 세상을 바꿀 수 없다면, 주어진 내 모습을 바꿀 수 없다면 내 생각을 바꾸자. 그러면 세상 사는 방식도, 창의력도 팍팍 터진다. 결승점을 바꿔버리면 꼴찌로 달리는 사람도 1등이 된다. 나는 그렇게 오늘을 내 방식대로 내 맘껏 한번 살아보려고 한다. 판이 더럽다고 욕할 시간에 새 판을 어떻게 짜고 그 판에서 살아남기 위해 뭘 해야 하는지 나는 죽어라고 고민해보려고 한다.

창의 (創意/Creativity)

공익 (公益/Humanity)

2부 홍익인간 하리라

創意

1부 판을 엎어라 룰을 바꿔라

내 인생을
바꾼
말 한마디

"그기 무신 30만 원짜리고. 나한테 10만 원만 주면 훨씬
잘해주겠구만."

나, 이제석은 이 말에 꼭지가 확 돌았다.

대학교를 수석 졸업하고 변변히 할 일이 없어 동네 간판 디자인을
해줄 때였다. 2005년 당시 나는 우리 동네 웬만한 안경점, 사진관,
국밥집의 선전물과 로고를 만들어주고 있었다. 비록 대기업
광고회사에 입사 지원서 냈다가 줄줄이 물먹긴 했지만 간판 일은
나름 착실히 해나갔다.

그날도 단골 국밥집에서 "간판 함 바꿔보는 게 어떻겠능교?
장사가 잘될 낀데" 하며 영업을 하던 중이었다. 대구에서 꽤
유명한 갈빗집 간판을 만든 이력까지 들먹이면서 번듯한
기획서까지 보여주던 참이었다. 그때 옆에서 국밥을 먹던 동네
찌라시 명함집 아저씨가 한마디 툭 던지며 끼어들었다.

"뭐 할라꼬 그래 큰돈 들이샀노? 10만 원이면 떡을 칠 낀데."

명함집 아저씨 말에 국밥집 주인도 솔깃한 눈치였다. 자존심이
와장창 무너졌다. 마음 같아서는 국밥 그릇을 그 방해꾼 머리에
엎어버리고 싶었지만 꾹 참았다.

나는 그전까지만 해도 나름의 직업관을 갖고 있었다. 동네에서 가게 간판을 만드는 것도 따지고 보면 광고다. 삼성·현대 같은 대기업에서만 광고하는 게 아니다. 간판을 만들더라도 사람들과 소통하면서 얼마든지 보람을 찾을 수 있다. 내가 사는 동네의 이미지를 바꿔가는 것도 의미 있는 일이다. 어떤 매체를 이용하느냐, 얼마나 많은 사람에게 보여주느냐, 얼마나 많이 버느냐는 그리 중요한 게 아니라고 믿었다.

그렇지만 세상은, 사람들은 그렇게 생각하지도 믿지도 않았다. 그날 밤 집에 와서 곰곰이 생각하니 내 처지가 한심했다. 대학 졸업한 걸로 유세 떠는 체질은 아니지만 명색이 시각 디자인과 수석 졸업자인 내가 동네 명함집 아저씨에게도 밀린다는 사실이 솔직히 쪽팔렸다.

하지만 억울한 건 잠시뿐이었다. 내가 찌라시 아저씨와 크게 다를 것도 없지 않은가? 대졸과 고졸이란 차이? 이 바닥에서 그딴 건 중요하지 않다. 그런데도 누구는 쌔가 빠지게 일해서 달랑 30만 원 받고 누구는 선 하나 찍 긋고 30억 원씩 받아먹는다. 그게 말이 되는가?

나는 세상에 머리털 내민 이상 뭐라도 한번 제대로 해보자고 마음먹었다. 아무한테도 괄시받지 않는 사람이 되자. 2등 없는 1등 말이다. 그 길로 나는 세계 최고 광고쟁이들이 어디에 있는지 찾기 시작했다.

"좋다, 미국 가자. 못 먹어도 고다. 이왕 가는 거 뉴욕으로 가자!"

그렇게 불쑥 결정했다. 홧김에 나온 생각만은 아니다. 그동안 속된 말로 내세울 만한 스펙이 없어서 얼마나 밀렸던가. 이참에 그 잘난 스펙 한번 만들어보자! 진짜 실력으로 세상과 한번 부딪쳐보자! 남들이 죽었다 깨도 못 따라올 실력을 갖추자! 그렇게 내 안의 독기가 이글이글 타올랐다.

간판쟁이 시절 제작한 사진관 쇼윈도.

학교 과제로 만든 고깃집 간판.

대구 촌놈
뉴욕에
발을 딛다

2006년 8월 어느 날 나는 뉴욕행 비행기 편도 티켓 한 장을 끊었다. 왕복 티켓보다 별로 싸지도 않았다. 성공하지 않으면 뉴욕에서 죽어버리겠다고 배수의 진을 친 거다. 수중에는 단돈 500달러밖에 없었다. 이모가 미군 부대에서 홀 서빙을 하고 받은 팁을 모은 금쪽같은 돈이었다.

나는 머리털 나고 처음 외국 땅을 밟았다. 이럴 땐 영화 속 주인공처럼 지그시 눈을 감고 하늘 향해 두 팔 한번 활짝 펴줘야 폼 난다. 심호흡하면서 자유도 느끼고 야망도 다져줘야 하는 거다. 하지만 그럴 형편이 아니었다. 도착 당일 묵을 호텔도 예약되어 있지 않았다. 친가와 외가 친척 중 그 누구도 뉴욕에 살고 있기는커녕 다녀온 적도 없었다.

소나 개나 다 한다는 배낭여행 한 번 못 해본 내게 뉴욕은 공포 그 자체였다. 20시간 전만 해도 나는 대구 고속버스터미널에서 4년 사귄 여자 친구와 엄마와 이별한 촌놈이었다. 여친은 눈이 팅팅 부을 정도로 울어댔다. 그녀가 대로 한복판에서 차 위에까지 드러누워 대성통곡을 하는 바람에 그녀를 수습하는 엄마와는 제대로 이별 세리머니도 못 했다. 나는 웃으며 여친을 달랬다.

성공해서 돌아와 꼭 결혼하자고. 60년대 신파 영화가 따로
없었다. 우는 여친을 달래느라 혼이 빠진 나는 도착할 때쯤에야
참았던 눈물이 났다. "우짜든동 뉴욕에 왔네. 죽기 아니면
까무러치기 아이가." 혼자 중얼거리자니 뉴욕에 오기까지 과정이
주욱 떠올랐다.

뉴욕에서 처음 맞이한 눈 내리는 날. 아무도 밟지 않은 흰 눈을 밟으며.

나는
모난 돌이었다

20년 동안 나는 모난 돌 같았다. 한국 사회의 눈으로 보면
그랬다. 모난 돌은 정 맞는다. 진짜로 지겹게도 이리 까이고 저리
까였다. 중학교 때까지 나는 공부 못하는 놈, 못 말리는 놈이라는
소리만 내내 들었다. 나중에 의사가 된 형이 하필 머리가 좋은
게 문제였다. 형 성적과 내 성적은 비교할 수 없을 정도로 차이가
컸다. 형과 나는 같은 학교에 다녀서 더 골치가 아팠다.
그때 엄마는 거북이 목이 되었다. 형의 담임선생님이 불러서
학교를 갈 때는 고개를 빳빳이 들었지만 우리 담임선생님이
호출할 때는 죄인처럼 고개를 푹 숙이고 교무실로 향했다.
"너 같은 놈 때문에 우리 반 평균이 떨어지잖아! 너 커서 뭐가
될래? 인마."
형뿐 아니라 재수 없게도 사촌들까지 교내 경시대회에서
줄곧 1등이었고, 달리기짱에 축구짱이었다. 그런데 나는 왜 이
모양일까? 어린 맘에 스트레스가 컸다.
공부도 신통찮았지만 태도도 어른들 눈에 안 좋게 보였던 거
같다. 하기야 공부 못하는 놈은 뭘 해도 미운 게 어른들 아닌가.
그래서 본의 아니게 나는 골칫덩어리 대접을 받았다. 공부에

취미 없으면 수업 중에 딴짓 할 수 있는 거다. 가위로 수염을 깎는다든지 연습장에 낙서한다든지. 하지만 선생님 생각은 달랐는지, 나는 툭하면 맞았다.

한번은 학교 규정보다 길게 기른 머리카락을 바리캉으로 밀렸다. 쥐가 파먹은 꼴이지만 크게 불편할 것도 없어서 그냥 등교했다. 다른 사람이 어떻게 보는지 관심도 없었으니까.

하지만 선생님이 어떤 사람인가? 공부 못하는 학생 괴롭히는 재미만큼은 절대 포기하지 못하는 분들 아닌가? 그분들 눈에는 내가 반항하는 걸로 보였나 보다. 신나게 나를 팼다. 그렇게 자신들의 스트레스를 팍팍 풀었을 것이다.

공부에 취미를 잃은 나를 위로해주는 건 한 장의 종이와 연필이었다. 영화 〈서편제〉에서 한이 맺히면 목청이 튼다고 했던가? 나는 내 불만을 그림으로 그렸다. 내가 이루고 싶은 꿈, 상상의 세계도 그렸다. 나를 억압하는 세상, 내게 금지된 세상을 그리는 순간만큼은 천국에 있는 거 같았다.

나는 점점 만화에 빠져 지냈다. 교과서와 공책은 모조리 내가 그린 만화로 빈틈이 없었다. 아이들은 내 만화를 무척 좋아했다. 매주 신작을 발표했는데, 반 아이들이 모두 돌려가면서 읽었다. 참신한 스토리와 섬세한 표현이라는 게 아이들 평가였다. 만화 주제가 주로 선생님들을 까는 내용이었으니 그랬을 거다. 벌거벗은 교장 선생님, 과학 선생님과 독일어 선생님의 믿거나 말거나 식 스캔들 같은 것이었다.

누군가 내 만화를 보다 걸리면 "이거 그린 놈 누구야?" 하며 원작자인 나까지 불려 나가 차가운 시멘트 복도에 머리를 박았다.
그 와중에도 다음 스토리가 흘러갈 방향과 캐릭터 아이디어에
대해 토론하곤 했다.

 여느 때와 다름없이 수학시간에 나는 열정을 다해서 신작
만화를 그리고 있었다. 뭔가 불길한 느낌에 고개를 들었더니
담임선생님이 나를 내려다보고 있었다.

"너 인마! 뭐 하는 거야 지금!"

교과서로 뒤통수를 후려치고 내 만화를 빼앗아 간 선생님이
교무실로 나를 호출했다. 싸대기 맞을 각오로 최대한 불쌍한
표정을 하고 선생님 앞에 섰는데 담임은 씨익 미소만 지었다.

"니 미술에 재주 좀 있네. 미대 가는 게 어떻겠노?"

미대? 나는 솔깃했다. 미대는 성적이 좀 낮아도 갈 수 있다,
여학생들도 득시글하다는 말을 언젠가 들은 적이 있었던 것이다.
안 그래도 미술은 내가 가장 좋아하는 과목이었다. 싸대기만
때리는 국영수 선생님들과 달리 미술 선생님은 나를 챙겼다. 가끔
그림 칭찬도 해주었다. 칭찬은 고래도 춤추게 한다던가? 내가
신이 나서 그림을 그리면 모범작으로 교실 앞에 걸어주기도 했다.
학교 신문에 최초로 내 작품이 실릴 때는 가슴이 콩닥거렸다.

엄마의
꿈을
이루리라

'4년제 대학 한번 가보자'며 미술학원에 등록했다. 공부로 안 되면
그림을 그려서라도 대학에 가자는 속셈이었다. 성적은 낮았지만
만화 습작으로 다져진 그림 실력만큼은 자신 있었다.

내 목표는 계명대학교였다. 대구 경북 지역에서 미대 하면 단연
계명대가 최고라는 소리를 들어서이기도 하지만 엄마가 다니고
싶어 했던 학교이기 때문이다. 여고 시절 엄마를 가르치던 미술반
선생님은 계명대 미대 교수로 부임했다. 그 교수님이 원서만 쓰면
받아주겠다고 했지만 엄마에게는 물감 살 돈이 없었다. 딸에게
고등교육을 시키는 시절이 아니었다. 엄마는 그토록 원하던
미술을 포기해야만 했다.

그래서 그랬을까? 말썽쟁이만 같던 내가 미대 진학 계획을 밝히자
엄마는 그 자리에서 오케이했다. 주위에선 밥 빌어먹는다며
반대했다.

"공부하기 싫으니깐 벨 짓을 다 하네. 비싼 미대 가서 부모 등골
빼먹을라카나?"

엄마도 처음엔 내가 저러다 말겠지 생각했다고 한다.

'제3미술학원'의 정영규 선생님은 구세주였다. 구박만 하던 학교

선생님들과 달랐다. 방황하던 아이들의 재능을 찾아주었다.
정영규 선생님은 늘 화실 바닥에 쪼그리고 앉아 열심히 붓질을
했다. 그토록 무언가에 열중해 에너지를 뿜어내는 사람을 나는 본
적이 없었다. 광채까지 느껴지는 그 모습을 보면서 나는 내가 해야
할 게 뭔지, 뭘 원하는지 처음으로 알았다. 선생님은 학생들의
좋은 작품들을 학원 벽에다 붙였다. 그 '명예의 전당'에 작품을
걸기 위해 나는 죽어라고 그렸다. 선생님은 잘했다는 소리보다는
모진 소리를 더 많이 했지만 그 지적은 투지를 일깨웠다.
학교에서는 자율학습을 빠지는 예체능반 아이들을 벌레처럼
대했다. 공부 좀 하는 놈들도 우리를 한심하다는 투로 봤다.
하지만 나는 밤 아홉 시에 학교를 빠져나오면서 고3 교실을 향해
가운뎃손가락을 번쩍 들어 올리며 큰소리를 쳤다. 인생의 목표가
생기자 당당해진 것이다.
"짜식들아, 나는 그림 그려서 너거들보다 더 잘 될 끼다! 두고
봐라!"
나는 원하는 대로 계명대 시각디자인과에 입학했다. 물 만난
고기가 된 것이다. 고등학교 때는 미술 수업이 일주일에 한
시간이었지만 대학에 가니 일주일 내내 미술 수업이었다.
좋아하는 걸 하다 보니 대학 4년 내내 미술학원 강사로
일하면서도 나는 수석을 한 번도 놓치지 않았다.
아침엔 수업, 오후엔 과제, 저녁엔 학원 강사로 바빴다. 주말에는
시급을 더 주는 시골 학원으로 뛰었다. 학원서 받은 돈은 모두
엄마에게 드렸다. 헌신적으로 자식을 키우는 엄마에 대한

보답이었다.

지금 돌이켜보면 공부를 지지리도 못했던 까닭에 그림을 그리게 되었다. 또 수업 시간에 맞아가면서 그린 그림이 내 크리에이티비티의 원동력이 되었다. 누군가에게는 어영부영 시간을 허비한 걸로 보였겠지만 그 시간이야말로 오늘의 나를 만들어주었다.

1. 미술학원 시절.
2. 기초반 시절 그리던 그림.
3. 몸을 날려 가르치던 미술학원 선생님.

나의
영어 학습기

동네 간판쟁이가 갑자기 유학을 가자니 당장 해결할 게 있었다. 영어였다. 내 영어로는 외국인 클라이언트는커녕 유치원 꼬마도 설득하기 어려운 수준이었다. 아무래도 밥 사 먹을 정도는 돼야 하지 않은가.

영어 테이프를 몇 상자나 구해서 귀에 물집이 생기도록 듣고 또 들었다. 테이프가 다 늘어질 지경이었다. 영어 드라마와 회화 프로그램도 독파했다. 그러나 역부족이었다.

나는 미국 유학이라는 목표를 달성하기까지 준비 기간으로 1년을 잡았다. 그동안 무슨 수를 써서라도 영어는 마스터해놓아야 했다. 하지만 대구에는 변변한 어학원이 없다. 그런 델 다니면서 공부할 만큼 금전적으로 여유가 있었던 것도 아니었다.

이모 도움으로 집 근처 미군 부대 '캠프 워커'에 줄을 댔다. 부대 안에서 공짜 미술 강의를 해주겠다는 내 제안은 재까닥 먹혔다. '공짜 미술 수업합니다! 수업 시간은 무제한. 1 대 1 개인 지도 가능.'

강좌 개설 안내 포스터가 붙자 꽤 많은 사람들이 관심을 보였다. 한국인 카투사 병사, 미군 여군, 장교 부인과 자녀들까지 찾아와

그림을 그리기 시작했다. 그중에서도 흑인 장교 이그제비어의
부인 줄리아나가 열정을 갖고 나를 따랐다. 누가 보면 둘이
바람났나 싶을 정도로 함께 붙어 다녔다. 흑인 장교는 아무
상관없다는 듯이 아내의 공부를 적극 지원했다. 그녀와 수업도
하고 전시회도 다니고 드라이브도 다니는 동안 내 영어에 근육이
붙었다. 미국 문화에도 조금씩 눈이 틔어가기 시작했다.

내가 뉴욕으로
날아간
까닭은?

내가 뉴욕으로 날아간 이유는 딱 하나다. 세계 광고계의 심장인 뉴욕의 광고회사에 취직하기 위해서다. 세계 최고의 광고쟁이들을 만나서 열심히 배우고 그들과 어깨를 나란히 하겠다는 게 내 목표였다.

그러기 위해 내가 점찍은 곳은 '스쿨 오브 비주얼 아츠School of Visual Arts(이하 SVA)'다. 실용미술을 전문적으로 가르치는 학교다. 학교의 인지도는 한국으로 치면 명문대가 아니라 직업 전문학교 정도였지만, 나는 광고계의 실력파들을 찾다 이 학교를 찜했다. 학교 평판만 보고 원서 쓰는 다른 유학생들과 나는 달랐다.

가장 실력 있는 선생에게 배우지 않을 거면 뉴욕까지 갈 이유가 없었다. 수십 장의 원서를 여기저기 뿌리는 대신 듣고 싶은 강좌가 개설된 학교를 겨냥했다. 정확한 목표를 위해 활시위를 당겨야 했다.

SVA는 규모도 크지 않고 역사도 길지 않다. 겉보기에 쬐그마한 학원 같은 곳이다. 캠퍼스는 당연히 없고 우리 학과는 5층짜리 건물 한 동이 전부였다.

하지만 거기에는 실무 담당자들을 학교로 바로 모셔 오는 혁신적인 프로그램이 있었다. 세계 광고계를 이끄는 걸출한 스타이자 BBDO의 수석 아트 디렉터 프랭크 안셀모Frank Anselmo, 뉴욕 DDB의 전 부사장이자 뉴욕 로또 복권 'Hey, You Never Know(인생은 모르는 거죠)' 캠페인 창립자 잭 마리우치Jack Mariucci, 뉴욕 아트 디렉터스 명예의 전당에 오른 리처드 와일드Richard Wilde가 버티고 있다. 학장인 리처드 와일드는 내가 대학 1학년 때부터 밑줄을 좍좍 그어가며 읽은 디자인 실용서 『비주얼 리터러시Visual Literacy』의 저자다. 이런 분들과 수업을 한다는 것만으로도 나는 흥분했다. 나는 3학년으로 편입했다. 없는 살림에 4년이나 공부할 수가 없었다. 운 좋게 장학금을 받을 수 있으니 그나마 가능한 유학이었다. SVA 측은 학비의 절반, 그러니까 한 학기에 750만 원 정도를 깎아줬다. 계명대에서 4.5 만점에 4.47점의 학점을 받은 것을 높이 평가한 것이다.

뉴욕에서 인정받은 내 학점은 한국에서는 아무짝에도 쓸모가 없었다. 정말 수많은 기업에 입사 원서를 넣었지만 나를 반기는 곳은 한 곳도 없었다. 기업들은 토익이나 학교 간판으로 사람을 뽑았다. 나는 대학 4년 동안 열심히 광고 공모전에도 도전했지만 제대로 된 상 한번 받아본 적이 없다. 상을 받은 다른 작품들이 좋았냐 하면 그렇지도 않았다. 수긍할 수 없었지만 어쩔 도리가 없었다.

실력보다는 스펙의 위력이 더 큰 게 한국 땅이었다. 심지어 난

미술학원에서도 스펙에 밀렸다. 서울에 있는 대학에 다니던 후배, 그것도 내가 가르친 후배에게마저 밀리는 꼴이 되었다. 그렇게 나는 루저가 되어갔다. 왜 나한테 이런 일이 벌어지는 걸까? 아무리 빡세게 노력해도 안 되는 판인가? 정말 한국은 '1등만 기억하는 더러운 세상'인가?

괴물들과
살아가는
법

나는 그야말로 허겁지겁 뉴욕에 도착했다. 달랑 가방 하나와 단돈
500달러를 들고. 학교 수업료는 가까스로 장학금으로 해결했으나
당장 생활비가 문제였다. 어쩔 도리 없이 뉴욕에서 가장 싼 거처를
구할 수밖에 없었다. 내가 처음 머문 곳은 세계 최고의 도시
뉴욕에 어떻게 이런 집이 있나 싶을 정도로 한심했다. 좋게 말해서
'거리의 천사'가 사는 집이라고 보면 된다. 집주인이 거지 같다는
말이다.

집주인 흑인 피터는 하루하루 끼니 때울 걱정을 해야 하는
사람이었다. 그자의 다이어리는 식사 스케줄로 빽빽했다. 아침,
점심, 저녁 세 끼 식사를 공짜로 할 수 있는 장소와 시간이 적혀
있었다. 재미있기도 하고 어떤 곳인지 확인하고 싶기도 하고 배도
고파 멋모르고 그를 따라 무료 급식소에 다녔다. 힌두교 사원에서
무료 급식용 카레를 먹기도 했다. 듣자하니 애플의 창업자인
스티브 잡스도 한때는 무료 급식소를 이용했다는데 나라고 못할
이유가 없다. 당시 나는 하루에 핫도그 두 개로 연명할 때였다.
어느 날 급식소의 한 자원봉사자가 나를 불러 세웠다.
"넌 제대로 된 인간 같은데 이런 델 왜 왔나?"

힌두교 종파 하레 크리슈나 템플. 이곳을
찾는 사람들에게 무료로 식사를 배급한다.
맞은편에 앉아 있는 피터. 이곳을 너무
자주 찾다가 힌두교인이 될 뻔했다.

모닥불에 얼굴을 파묻은 것처럼 화끈거렸다. 더 이상 무료
급식소에 갈 수가 없었다. 비록 불알 두 쪽밖에 없는 처지였지만
나는 배고픈 것보다는 쪽팔리는 게 더 싫은 20대 청춘이었다.
뉴욕까지 와서 작업하지 않는 이제석은 죽은 목숨이라고
규정했다. 어떻게 온 뉴욕인가? 하지만 내 숙소에서 일하는 건
너무 버거웠다. 집주인 흑인이 어떻게 백인 아들을 낳았는지는
모르지만 흑백 부자는 툭하면 싸움질이었다. "검둥이"니 "네미"니
해가면서 쌍욕을 주고받다가 필을 받으면 격투기로 이어졌다.
그 집에는 방 세 개가 나란히 이어져 있었다. 나는 가운데 방을
썼다. 그런데 그 흑백 부자는 여자 친구들을 제각각 데리고 와서

거의 매일 깊은 밤까지 처참한 레슬링을 벌였다. 침대가 부서질 듯한 소리, 벽을 긁어대는 소리, 심지어 비명 소리까지 들렸다. 게다가 집주인의 여자 친구 브리짓은 보통 여자가 아니었다. 늘 하얀 가발을 뒤집어쓴 그녀는 T팬티에 야한 호피무늬 드레스를 즐겨 입었다. 집에만 들어오면 누가 보건 말건 옷을 홀딱 벗고 돌아다녔다. 나체도 나체 나름이란 걸 그때 알았다.

사생활이 복잡하다 못해 지저분했던 그녀에게 나는 인정스럽게 에이즈 검사를 받아보는 게 어떻겠냐고 권했다. 그녀는 "상관 마!"라고 답했다. 그녀가 허락도 없이 내 물컵이고 수건을 마구 쓰는 꼴을 보고, 나는 그날로 짐을 쌌다. 비가 억수같이 오던 날 새벽 네 시였다. 나는 노란 우비를 입고 자전거 페달을 밟으며 새로운 집을 찾아 나섰다.

운 좋게 학교에서 5분 거리에 있는 집을 찾을 수 있었다. 비를 흠뻑 맞은 학생이 어떤 집이든 상관없으니 당장 계약을 하겠다고 보증금을 현금으로 쥐여주자 주인은 눈을 똥그랗게 뜨고 나를 쳐다봤다.

새로 구한 집은 그나마 좀 나았다. 방에서 쥐가 돌아다니는 정도라고나 할까. 그 집에는 신경이 예민한 한국인 교포 2세 의사와 성깔 있는 유대인 게이 그리고 막강한 베드버그가 살고 있었다. 베드버그는 침대에 기생하는 미국산 빈대다. 사람 피를 빨아 먹는데 한 번 물리면 따갑고 간지러워 미칠 지경이었다. 물린 곳은 풀빵처럼 부풀어 오른다.

나는 죽어라고 침대를 소독해댔다. 말짱 황이었다. 정작

베드버그의 진원지는 나와 같은 방을 쓰던 한국인 교포 의사의
침대였다.

그는 숙제하느라 노트북을 켜놓은 나를 사정없이 내쫓곤 했다.
노트북의 액정 화면 빛 때문에, 자판 두드리는 소리에 잠을 잘 수
없다고 투덜댔다. 툭하면 돈 돌려줄 테니 나가라고 했다. 할 수
없이 나는 휴머니즘에 입각해 복도 바닥에 쭈그리고 앉아 밤을
새웠다. 서로 다른 우리가 친해지는 데 아주 길고 험난한 시간이
걸렸다.

베드버그만큼이나 나를 괴롭힌 인간이 옆방의 유대인 게이였다.
그는 비열하고 뻔뻔하고 지저분하기까지 했다. 아무 데서나 옷을
벗고 다니며 제 집처럼 굴었다.

그의 눈에는 내가 가장 만만해 보였는지 집에 대한 불평은 모두
내게 퍼부으며 나를 관리인처럼 부려먹었다. 수다쟁이 집주인
아줌마에겐 씨가 먹히지 않았던 모양이다. 그는 스위치에 불이
안 켜진다, 너무 덥지 않냐, 옷 꼴이 그게 뭐냐며 말꼬리를 질질
늘였다. 마음에 안 드는 물건이 있으면 남의 것이라도 내다
버렸다. 그게 송곳으로 유리 긁는 것처럼 거슬렸다.

밉다 밉다 하니까 그 녀석은 남자친구를 끊임없이 바꿔가며
데려와서는 말할 수 없이 격렬한 밤을 보내곤 했다.

하루는 목과 얼굴이 시뻘겋게 베드버그에 물려서는 내 방 문
앞에 버티고 서서 울분을 토했다. 내가 베드버그를 빨아들인
진공청소기를 그 방 옆에 두었던 게 화근이었다.

베드버그는 침대에 숨어 있다가 새벽에 나와서 우리를 물었다.

흡혈귀 이빨 자국이 남을 정도다. 미칠 정도로 가려운데 피가 날 때까지 긁어도 소용이 없다.

나는 그놈이 나한테 하듯 대수롭지 않다는 듯이 "아임 소리" 한마디로 능쳤다. 일부러 그런 건 아니었지만 쌓였던 스트레스를 한 방에 푼 느낌이었다. 피할 수 없으면 즐기라고 누가 그랬던가? 그래도 일단 피하고 보는 게 좋다.

미안하게도 그 일이 있고 그는 아무 말 없이 그 아파트를 떠났다. 그 가난한 집에 뭐 먹을 게 있다고 쥐까지 들락거렸다. 불쌍해서 잡지 않고 두었더니 한 마리 두 마리 늘어나더니 순식간에 수십 마리로 불어났고 주방과 방 안이 온통 쥐똥투성이가 됐다.

룸메이트들은 외관상 지저분해 보이는 나에게로 원인을 돌렸다. 한번은 라면을 끓여 냄비째 들고 국물을 마시는데 아뿔싸, 검은 덩어리가 보였다. 쥐똥이었다. 쥐똥을 넣고 끓인 라면을 배가 고파 들이킨 것이다. "이놈의 가난이 웬수지……."

그 아수라장 속에서 나는 진드기보다 더 질긴 근성으로 끝까지 버텼다.

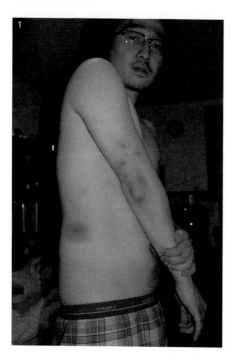

1. 베드버그에 물린 자국.
2. 재수 없게 끈끈이에 잡힌 새끼 쥐.
3. 밤사이 누군가 깔끔하게 박살 내놓은 아파트 입구 유리창.
4. 방수 시스템. 옷과 신발도 늘 재활용 가게에서 샀는데 거기서 산 신발들은 비가 오면 물이 다 샜다.
   그래서 비가 오는 날이면 늘 신발 속에 휴지를 채워 습기를 제거했다. 저것도 며칠이 지나면 냄새가
   고약하게 나서 학교 친구에게 핀잔을 많이 받았다.

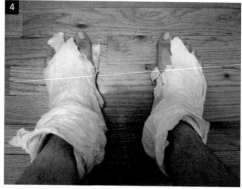

머리와 수염을 기르기 시작한 것도 이때쯤이다. 머리와 수염은
나한테는 일종의 시계 같은 거였다. 머리가 이만큼이나 자랐는데
여기 낯선 곳에서 얼마나 성과를 이루었느냐를 재촉하는
수단이었다. 나중에 머리를 자를 때도 돈이 없어서 혼자 머리를
잘랐다.

"아들과 아버지"
2006년 출국 당시 여권 사진(왼쪽).
2007년 유학 중 찍은 사진(오른쪽).
유학 1년 만에 고생을 너무 해서 갑자기
노화가 시작됐다. 흰머리가 나고 얼굴에
고생 주름이 잡혔다. 불규칙한 인스턴트
식사로 체중은 늘고 영양가가 부족해
근력이 떨어졌으며 시력도 크게 나빠졌다.
성격이 괴팍해지기 시작한 것도 이
무렵이다.

35

캠퍼스보다
교수보다

내 운명을 바꿔줄 SVA는 뉴욕 세컨드 애비뉴 23번가에 있다.
세계 최고의 도시 뉴욕이 초행길이었지만 학교를 찾는 건 어렵지
않았다. 뉴욕은 바둑판처럼 구획이 잘 나뉘어 있어서 번지수만
들고도 금방 찾을 수 있다.

5층짜리 건물 입구에는, 좀 거창하게 말해서 내 청춘을 걸고
찾아온 '스쿨 오브 비주얼 아트School of Visual Art'라는 명패가
달려 있었다. 9월의 날씨는 전혀 춥지 않았지만 내 심장은 슬쩍
떨렸다. 이곳에서 걸출한 광고계 스타와 수업을 한다는 사실이
나를 흥분시켰다.

교수 중에는 광고회사의 현직 실무자들이 많았다. 리처드
학장이 회사를 직접 돌아다니면서 포트폴리오를 보고 뽑아 온
에이스들이었다. 그래서 저녁 수업이 유독 많았다. 교수들의
회사 사무실이 곧 강의실이고 그들의 광고 프로젝트가 곧 수업
내용이었다. 실무 경험을 쌓는 데 그보다 좋을 순 없었다.

첫 학기에 나는 수강 신청을 세 강좌만 했다. 대학 4년 동안
쓸데없는 과목을 너무 많이 들었다는 생각이 들어 미국서는
오직 광고만 공부하자고 마음먹었다. 광고 외의 수업은 아예

거들떠보지도 않았다.

가장 먼저 신청한 강좌는 잭 마리우치 교수의 수업이다. 늙은 거장인 그는 광고계의 조용필 급이다. 수업 내용은 광고개론 성격이 강한 '어드밴스드 애드버타이징Advanced Advertising'. 흔히 전통매체라고 하는 프린트 광고의 기본기를 가르친다고 보면 된다.

내 모든 열정을 다 바친 수업은 40대의 프랭크 안셀모 강좌다. 그는 뉴욕, 아니 세계 광고계에서 가장 잘 나가는 젊은 광고쟁이다. 수업 내용은 비전통매체를 활용한 '게릴라 마케팅'. 건물 벽, 간판, 플래카드, 길바닥, 자동차 등 세상 모든 물건과 공간을 광고 매체로 활용하는 법을 가르친다.

로버트 레이츠펠트Robert Reitzfeld와 앨런 비버Allan Beaver 두 사람이 같이 진행하는 광고실무 수업도 신청했다. 이들은 50세가 넘은 '서리 맞은 구렁이'들이다. 광고계에서 산전수전 다 겪은 그들은 광고회사에 취직했을 때 바로 써먹을 수 있는 각종 실전 테크닉을 가르쳤다. 프레젠테이션을 어떻게 구성해야 눈에 잘 띄는지, 클라이언트를 어떻게 요리하는지 등을 전수해주었다.

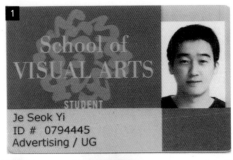

1. 내 인생의 도전장. 학생증.
2. 뉴욕 지하철에서 내려 처음 본 학교 전경.
3. 꽃으로 만든 학교 깃발을 처음 보는 순간 울컥했다.

쌩까는 학생,
더 쌩까는
교수

미국 전역은 물론 세계 곳곳에서 난다 긴다 하는 놈들이 몰려드는
뉴욕의 아트 스쿨이 만만할 리 없다. 처음 교실 문을 열 때부터
분위기가 냉랭했다. 아무도 인사를 안 했다. 눈도 마주치려
하지 않았다. 싸가지 없는 놈들 같으니라고, 교수가 들어와도
마찬가지였다. 한마디로 '쌩까는' 분위기였다. 그때 뉴욕의 문화
자체가 쌩까는 문화라는 걸 알았어야 했다. 악플보다 더 무서운
게 무플이라던가? 투명인간 취급당해보지 않은 사람은 그 고통을
모른다. 일본에는 왕따 문화가, 미국에는 무관심 문화가 있었다.
이런 놈들도 클래스메이트라고 나는 한 놈 한 놈 관찰했다. 모두
한칼 하는 자들 같았다. 그래도 '물건'들을 한꺼번에 모아놓으니
그놈이 그놈이었다. 다들 자기가 잘나고 특별한 줄 알았는데,
뉴욕에서는 눈에 띄지 않는 평범한 인간으로 전락하니 적응이
안 되는 눈치였다. 모두들 '나는 누구인가' 고민하는 듯했다.
정체성 혼란이라고나 할까, 뭐 그런 걸 겪게 되니 누구에게 선뜻
다가가기가 쉽지 않은 것이다. 그들은 도움이 안 될 것처럼
보이는 나 같은 동양인과는 말도 섞지 않으려 했다. 그렇게
나나 그들이나 서로 고립되어 갔다. 어찌 보면 SVA의 쌩까는

분위기는 교수들이 만든 게 아닐까 싶기도 하다. 그들은 눈에 띄는 몇몇 백인 학생들, 특히 짧은 치마와 가슴 쪽이 푹 파인 셔츠를 입는 여학생들과만 교감하려고 했다. 영어가 달리는 유색인종이 기죽기에 딱 좋았다. 나처럼 말 없는 학생은 투명인간 취급했다. 그런 그들에게서 "너 멀리서 왔구나, 열심히 한번 해봐라"란 소리를 기대할 순 없었다. 격려는커녕 욕이나 안 먹으면 다행이었다. 그날 내준 숙제를 이해하지 못해 물어보면 귀찮아했다. "니 친구들한테 물어봐"며 핀잔을 주었다.

나는 순간순간 오만방자한 뉴요커들 속에서 나에게 물었다. '도대체 왜 뉴욕에 온 거니? 얘네들과 어떻게 동고동락할 거야?' 없는 돈 털어 녹음기를 구입해 강의 내용을 하나하나 다 녹음했다. 남들 맥주 마시며 놀 때 집에서 강의 내용을 귀에 물집이 잡히도록 다시 들었다. 그래도 이해가 안 되면 영어 잘하는 학생에게 들러붙어 물었다. 심지어 문맹자 교육원에도 자주 들락거렸다. 교육 수준이 낮은 지역 주민들에게 무료로 글을 읽고 쓰는 법을 가르치는 곳이었다. 그곳에서 과제를 묻고 발표하는 법을 익혔다. 그러다 보니 거칠지만 정직한 미국의 최하층민들과 가슴으로 이야기하게 됐다. 나는 그곳에서 말보다 더 귀한 걸 많이 배웠다. 겉으로는 허접스러워 보이지만 마음씨가 착하고 정직한 사람들을 많이 만났다. 걔네들은 어디가 싸고 좋은지 훤히 알고 있었다. 뉴욕에 대한 화려한 환상을 가지고 유학 와서 미국 거지들과 친해질 줄은 꿈에도 몰랐다. 마음만 먹으면 세상 모든 게 공부할 거리였다.

햄버거
2달러,
위스키 한 잔
80달러

한국 유학생들과도 친해질 기회가 별로 없었다. 외국에 나가면 한국 사람끼리 더 뭉친다는 말도 옛말이다. 그저 비슷한 처지끼리 뭉칠 뿐이다.

유학생 중에는 한 달 월세만 3천 달러 이상 쓰는 강남 출신이 많았다. 이렇게 팔자 좋은 청춘과 어울리긴 힘들었다. 어리번쩍한 자가용을 몰고 다니는 그들과 나는 사는 방식과 유학 목적이 너무 달랐다. 강남파 중에는 공부엔 별 관심 없고, 학위 따가는 것만 목적으로 삼은 이도 꽤 된다. 학원 선생님이 그려준 포트폴리오로 유학 와서는 팽팽 놀다가 졸업장 하나 달랑 들고 가도 좋은 자리 잡을 사람들이었다. 우리처럼 배 곯아가며 혼자 죽어라 공부하는 족속과는 달랐다.

한번은 유학 생활 초기에 옆 반 친구의 생일 파티에 초대된 적이 있었다. 위스키 한 잔 마시고 노래 한 곡 했는데 각자 80달러씩 내자고 했다. 배고픈 거 참아가면서 2달러짜리 핫도그로 끼니를 때우던 시기라 죽고 싶을 만큼 속이 쓰렸다. 그 자리에는 나와 비슷한 처지의 친구가 한 명 더 있었다. 그래픽 디자인과 양진웅이란 자인데 한인타운에서 구입한 명란젓 한 통으로 일주일을 버티는 놈이었다.

술자리를 마치고 나오면서 뉴욕 밤하늘에 뜬 별을 보며 우리는 약속했다. 지금은 힘들지만 뉴욕 바닥에서 반드시 성공하자고. 그놈은 지금 미국에서 잘나가는 웹디자이너가 됐다.

나는 도서관마저 문을 닫는 크리스마스나 추수감사절에도 놀지 않고 공부하고 작업할 곳을 찾아다녔다. 남들 다 놀때 나도 놀면, 뉴욕에서 팽팽 놀던 저 날라리 유학생 밑으로 들어가야 할지도 모른다는 생각을 했기 때문이다.

사람들은 이제 '개천에서 용나던 시절'은 끝났다고 말한다. 과연 그럴까? 내가 본보기가 되어 아직 세상에서 땀 흘려 일한 자가 성공을 거둘 수 있다는 것을 당당히 증명해 보이겠다고 이를 빠득빠득 갈았다. 배고픈 나와 후배들이 염통 터지게 열심히 해서 팔자 좋은 족속들 부럽지 않은 성공을 거두게 하겠다고 마음먹었다.

룸메이트들의 성화에 못 이기기도 했고, 방이 너무 좁아 큰 그림은 펼쳐놓을 수도 없어서 작업할 곳을 찾아 헤맸다. 동네 슈퍼의 간이 테이블이나 옆집 부엌도 가리지 않았다.

가장 좋은 장소는 학교의 빈 강의실이었는데, 관리인이 늦게까지 남아 있는 것을 질색해서 자꾸 쫓아냈다. 쫓겨나면 다시 몰래 숨어 들어가 숨바꼭질을 하며 빈방을 찾아다녔다. 아이디어는 조용한 곳에서 잘 떠오르기 때문이다. 아이디어 작업은 해녀의 물질 같은 거라 깊은 무의식의 바다로 갈수록 싱싱하고 귀한 아이디어를 건져낼 수 있다.

포샵하지 말란
말이야!

나는 아주 정직하게(?) 학교생활을 했다. 월요일부터 금요일까지
일주일에 닷새 모두 학교에 갔다. 공부할 분량은 한국 수업과
비교하면 5분의 1에 지나지 않았다. 한국에서는 영상, 뮤직비디오,
웹 사이트, 브로슈어 제작뿐만 아니라 교양과목과 교직과목도
들어야 했다.

하지만 뉴욕에서는 달랐다. 듣기 싫은 수업은 아예 건너뛰었다.
출석을 챙기는 수업일 때는 책상에 가방과 재킷을 벗어놓고
화장실 가는 척하면서 집에 가서 전공 과제를 했다. 이제는 학점에
목숨 거는 이제석이 아니었다. B가 나오면 어떻고 C가 나오면
어때? 작품만 잘 만들면 되지.

문제는 수업 분량이 아니라 끊임없이 쏟아지는 과제물이었다.
아무리 머리를 쥐어짜도 아이디어가 떠오르지 않으면 어김없이
교수들에게 시달려야 했다.

어쩌다 아이디어가 빵 터지면 시간이 남게 돼 도서관에서 광고
전공 서적을 씹어 먹었다. 『커팅 에지 애드버타이징*Cutting Edge
Advertising*』, 『원쇼 애뉴얼*One Show Annual*』 같은 책들이다.
각종 광고제에서 입상한 방송 CF도 신물 나게 볼 수 있었다. 역시

미국은 자료의 천국이었다.

뉴욕에서는 광고 과목, 그것도 현직에서 가장 잘나간다는
광고쟁이들과 실전 수업만 하면 그만이어서 좋았다. 제대로
공부한다는 느낌이 저절로 들었다.

말은 이렇게 하지만 과목당 두세 시간짜리 수업은 긴장의
연속이다. 처음엔 과제를 발표하는 요령을 몰라 수모를 당하기도
했다. 마리우치의 수업에서 나는 속된 말로 개박살이 났다. 미국
교수라고 다 쿨하고 점잖은 게 아니다. 70대에 무슨 기력이
남았다고 툭하면 성깔을 부렸다. 학생이 만들어 온 작품을
찢어발기지 않나 고래고래 고함을 치지 않나.

나를 궁지로 몰아넣은 이유는 그야말로 가관이었다.

"너무 예쁘게 그렸잖아! 다시 해 와!"

교수에게 보여주기 위해 몇 시간 동안 정성스럽게 포토샵으로
작품을 완성해 간 것이 사달이었다. 마리우치 교수가 과제물을 다
보지도 않고 그 자리에서 내동댕이쳐버렸다.

"포토샵으로 해 오지 말란 말이야!"

뭐 이런 교수가 다 있나 싶었다. "한 번 보고나 던지죠?"라는
말이 목구멍까지 치밀어 올랐다. 동양 학생, 특히 한국 학생들은
포토샵이나 스케치에 정성을 들인다. 그게 숙제를 해 가는 학생의
도리라고 생각하니까. 하지만 미국 교수들 생각은 달랐다. 빈약한
아이디어를 포장하는 사기, 혹은 쓸데없는 짓이라고 여긴다는 걸
나중에야 알았다.

마리우치는 왜 그렇게까지 험하게 나를 몰아세웠을까? 금발의

여학생 작품은 시시덕거리면서 반 시간씩 비평을 해주면서 내가 들고 간 아이디어들은 쳐다보지도 않고 휙 던져버리거나 욕설을 퍼부었다.

매주 새로운 욕설을 기대하며 그렇게 1년 반이란 세월이 흘렀을 때였다. 그 망할 놈의 '버럭 교수'가 내 어깨를 툭 치면서 처음으로 칭찬 비슷한 걸 했다.

"제석, 넌 더 잘할 수 있잖아? 요즘 왜 이래?"

그 말 한마디에 내 심장이 다시 뛰었다. 그동안 그는 나를 관심 있게 지켜보고 있었던 것이다. 확 안아주고 싶었다. 훗날 마리우치는 그 어떤 학생보다 내게 많은 걸 가르쳤고 인간적으로 대해주었다. 나도 그를 인간적으로 존경했다.

매정하게도 미국 학생들은 한 학기 수업이 끝나도 교수에게 따뜻한 인사 한마디 안 한 채 교실 문을 나선다. 하지만 나는 감사를 전하고 싶어 학기 마지막 날 카드를 하나 마련했다. 그걸 애들에게 돌려가며 한마디씩 쓰라고 했다. 마리우치는 은근히 놀란 거 같았다. 교직 생활 20년 만에 그런 건 처음 받아본다고 했다.

유학 시절 나는 시간을 초 단위, 분 단위로 쪼개고 쪼개어 하루를 일주일처럼 썼다. 이때 깨달은 두 가지. 하나는 뇌 관리가 바로 스케줄 관리라는 점. 뇌의 컨디션을 살피면 하루를 열흘처럼 쓸 수 있다는 것이다. 그리고 다른 하나는 시간은 쾰코 톱니바퀴처럼 규칙적으로 흘러가지 않는다는 점. 시간은 단지 관념적인 숫자들의 조합일 뿐 누군가에게 1분이 다른 누군가에게는 10시간이 될 수도 있다는 것을 깨달았다.

3초 강의,
3000분 준비

안셀모 교수의 수업은 혹독하고 잔인했다. 강의실은 전쟁터
같았다. 그의 언어 폭격에 살아남느냐 죽느냐 그것이 문제였다.
안셀모 수업이 얼마나 살 떨리는지는 겪어보지 않으면 모른다.
안셀모는 과제물 발표를 보고 있다가 갑자기 비수 같은 코멘트로
학생들을 푸우욱 찌른다. 한 치의 망설임도 없다.

그의 코멘트는 딱 두 가지다.

"넥스트Next"와 "홈런Home run". 넥스트는 "다시 해! 인마"이고
홈런은 "참 잘했어요"란 뜻이다. 진짜 맘에 드는 작품을 볼 때는
광고계 전문 용어인 'FGI' 다시 말해서 "졸라 잘 했어요Fucking
Great Idea!"다. 이런 평가 한마디를 듣는 데 걸리는 시간은 고작
3초. 어떤 때는 1초가 안 될 때도 있다. 그걸 위해 학생들은 일주일
동안 끙끙대야 했다.

학생들은 과제물을 펼치면서 안셀모의 표정부터 살핀다. 그가
무표정으로 고개를 절레절레 흔들면 볼일 다 본 거다. 곧이어
"넥스트"란 평점을 주면서 학생 뒤통수에다 대고 세상에 태어나
한 번도 들어보지 못한 한 바가지의 욕을 덤으로 준다. 드물긴
하지만 그가 안구 주변에 미세한 주름을 잡으면 살짝 안심해도

깊은 밤 아파트 복도에서 과제를 준비하던 모습.

된다. 잇몸과 이를 훤히 드러내며 FGI, 즉 '퍼킹 그레이트
아이디어'란 평점을 주기 때문이다.

나는 첫 학기 내내 '넥스트' 단골 회원이었다. 안셀모는
고약하게도 '넥스트'로 판정한 이유조차 알려주지 않았다.
넥스트란 껄렁한 소리나 들으러 뉴욕에 온 게 아닌데 말이다.
당연히 독기가 생겼다. 그에게 한마디라도 더 들으려고 밥 먹을
때도, 집에 갈 때도 졸졸 따라다녔다. 그렇게 열심히만 하면 뭔가
되돌아올 줄 알았다. 그런데 어떻게 생겨먹은 인간인지 쓰다
달다 말이 없었다. 그저 "넥스트"란 구호만 외쳐댔다. 안셀모는
노력파는 좋아하지 않았다. 실력파만 좋아했다.

재미있는 건 안셀모의 그 살벌한 수업에서도 살아남는 자가
있다는 거다. 안셀모는 예쁜 여자들을 특별히 잘 챙겼는데
수업시간 내내 아주 대놓고 그녀들과 눈을 맞추었다. 마치 눈으로
섹스를 하는 듯했다.

안셀모의 강고한 벽을 뚫고 들어가자니 더 독해지는 수밖에
없었다. 노력이 아니라 실력으로 돌파하는 거다. 욕을 먹든 말든,
귀찮아하든 말든 나는 교수가 시키지도 않은 과제를 무조건 해다
바쳤다. 언젠가 일주일에 열 편의 과제를 제출한 적도 있었다.
나같이 자존심 센 놈이 존 트라볼타 스타일의 호색한에
영화배우처럼 섹시하게 옷을 입는 안셀모에게 착 달라붙은 데는
이유가 있다. 내 눈에 그의 감각은 정확했다. 동물적이다. 먹잇감을
포착하면 사정없이 잡아챘다. 눈도 크고 귀도 커서 그런가,
이탈리아 사람들은 미국 사람들보다 더 예민한가 하는 근거 없는

SVA Senior Show. 취업을 앞둔 4학년 졸업생들을 중심으로 한 전시회. 교내 전시회를 내 작품으로 도배를 해버리겠다는 불타는 의지로 밤낮없이 작업에 몰두했다. 4학년들이 주로 출품하는 전시회에 당시 3학년이었던 내가 가장 많은 작품을 출품했다. 투명인간이었던 내 존재를 만천하에 알리는 계기가 되었다.

생각이 들기도 했다.

안셀모는 워낙 변덕이 심해 딴소리를 할 때도 많았다. 처음엔
열광하다 언제 그랬냐는 듯이 시들해졌다. 과제물을 보고
"홈런!"이라고 흥분해서 방방 뜨다가도 다음날 "하지 말자"고
했다.

그래도 난 안셀모를 믿었다. 좀 건방진 말 같지만 선수는 선수를
알아보는 법이다. 그가 처음에 좋다며 흥분한 작품은 정말 좋은
것일 때가 많았다. 반면 나중에 마지못해 좋다고 한 것은 별로일
가능성이 컸다. 한두 번 이런 경험을 하고 난 뒤 나는 안셀모의
첫마디를 잘 기억하려고 긴장했다. 그가 처음에 홈런이라고 말한
아이디어는 정말 홈런이었으니까.

굴뚝도
총이 될 수
있다

건물 옥상 위로 삐죽 솟은 굴뚝을 보며 사람들은 무슨 생각을
할까? 내 눈에는 총알이 튀어 나가는 총열로 보였다. 눈에 뭐가
씌어도 단단히 씐 거다. 헛것을 자주 보는 체질이랄까? 그 덕에 내
광고 인생을 180도 바꿔놓은 '굴뚝총'이 만들어졌다.

그 굴뚝을 본 것은 2006년 겨울이다. 찬바람 씽씽 맞으며 자전거
타고 뉴욕 시가지를 돌던 때였다. 머릿속이 시끄럽고 일이 잘
안 풀리면 나는 고물 자전거로 뉴욕 길거리를 쏘다녔다. 길쭉한
고구마같이 생긴 맨해튼은 공중전화 부스, 간판, 가로등 위치까지
구석구석 외우고 있었다. 400년이 다 된 이 도시는 날씨 말고는
1년 내내 달라지는 게 별로 없다.

그날도 흑인들이 많이 사는 북동부의 퍼스트 애비뉴에서 세컨드
애비뉴 사이를 돌 때였다. 100년도 훨씬 더 된 5층짜리 건물들이
눈에 확 들어왔다. 햇빛은 건물 벽에 부닥쳐 적당히 반사되고
있었고 그 위로 하늘이 쨍하게 파랬다. 그 파란 하늘을 배경 삼아
굴뚝에서 시커먼 연기가 힘차게 솟고 있었다.

총! 뜬금없이 그 풍경에서 총이 떠올랐다. 서부영화에서 총잡이가
악당을 해치운 뒤 연기를 후우욱 불던 그 총.

재빨리 백팩에서 싸구려 니카를 꺼내 굴뚝을 줌으로 바짝 당겨 한 컷 찍었다. 그것으로 끝이었다. 내 머릿속에서는 구도, 색채, 카피가 펑펑하고 터졌다. 나는 하이킹을 그만두고 후닥닥 집으로 돌아와 총기 사이트를 뒤졌다. 적당한 총 하나를 찾아냈다. 남자라면 하나쯤 갖고 싶은 '매그넘 리볼버'다. 옛날 보안관들이 쓰던 모양의 이 총은 총알 한 알 한 알을 약실에 넣어야 한다. 그 총의 몸통 부분을 좀 전에 찍어온 굴뚝 사진과 조합해 '배너 광고' 한 편을 뚝딱 만들었다.

당시 나는 안셀모 수업 과제를 놓고 끙끙 앓고 있었다. 내가 고른 자유 주제는 환경오염이었다. 하지만 눈물샘 자극하는 흔해빠진 광고는 절대 하고 싶지 않았다. 환경 파괴로 북극곰이 사라져요, 인간 이기심 때문에 딱정벌레가 죽어요, 따위는 딱 질색이다. 그런 작품은 영상이 아무리 수려해도 꽝이다. 아이디어가 없어 빈티가 줄줄 흐른다.

어쭙잖게 동물들 고통에 포커싱하느니 인간에게 닥친 상황을 얘기하고 싶었다. 사람들에게 어필하려면 그들의 문제를 건드려야 한다. 환경오염으로 당신의 삶에 어떤 문제가 생기는지 알려줘야 쌩까지 않는다.

그래서 환경오염이 사람에게 얼마나 치명적인지 보여주는 걸로 방향을 잡았다. 도서관에서 자료를 찾아보니 대기오염으로 한 해에 죽는 사람이 6만 명이나 된다는 기사가 눈에 들어왔다. 나만 모르는 건가 싶어 물어봤더니 다들 "정말?" "설마!"라고 했다. 대기오염 얘기를 해도 되겠다 싶었다. 결론은 일찌감치 나왔다.

"오염으로 한 해 6만 명이 사망합니다"
환경단체 NRDC 홍보용 옥외광고 원쇼 칼리지 페스티벌 옥외광고 금상 수상작.

굴뚝총 아이디이를 안셀모에게 슬쩍 보여줬더니 고맙게도
"퍼킹 그레이트 아이디어"를 연발했다. 그때 안셀모의 동물적인
판단력을 놓치지 않았다. 내 느낌과 그의 반응이 맞아떨어지면
뭐가 돼도 된다는 걸 알았기 때문이다.

카피는 중국계 미국인 동료 프랜시스코와 텍사스 출신
앤드루에게 맡겼다. 이미지가 명쾌하니까 카피도 간결하게 하자고
부탁했다.

50~60개쯤 뽑은 카피 중에서 가장 정직한 걸 골랐다.
"대기오염으로 한 해 6만 명이 사망합니다."

신문 기사를 한 줄 인용한 것 같은 카피였다. 누군가는 싱겁다고
하겠지만 나는 돌아가지 않고 핵심을 찌르고 싶었다.

2007년 11월 말에 원쇼 칼리지 페스티벌 공모전이 다가왔다.
출품을 바로 앞두고 안셀모는 돌연 마음이 바뀌었다. "그건
출품하면 떨어져. 식상하고 평이하단 말이야. 이미지도 너무
정직하고 단순해" 하며 내 자존심을 북북 찢어놓았다.

출품하기까지 석 달 동안 계속 봐왔으니 질릴 만도 했다. 굴뚝총
대신 내가 가지고 있던 다른 아이디어들을 제출하자고 했다.
안셀모가 출품작으로 최종 지목한 것은 창문으로 바닷물이
흘러들어 오는 이미지였다. 반투명 스티커를 올리면 빌딩이
물에 잠기는 이미지는 내 눈에도 재미있었다. 지구가 온난화로
녹아내리는 양초 디자인도 추천했다.

안셀모가 굴뚝총에 시큰둥해하자 앤드루가 작품에서 자기
이름을 빼달라고 했다. 프랜시스코도 덩달아 흔들렸다. 그러나

나 이제석은 선생님 말은 죽어라 안 듣는 편이다. 접수 마지막 날,
안셀모의 화난 표정이 떠올랐지만 굴뚝총을 그냥 출품해버렸다.
"이제 나도 내 감感을 믿어야 해!"
원쇼 칼리지 페스티벌 결과는 최고상인 금상이었다. 원쇼 칼리지
페스티벌 창립 이래 비전통매체 부문 최초의 금상이었으며 동양인
최초였다. 심사평은 "쉽고 단순하고 명확하다"였다. 작품은 광고
전문지 『원쇼 매거진 One Show Magazine』과 『커뮤니케이션
아츠 Communication Arts』에 대문짝만 하게 실렸다. 얼굴 보기가
민망했던 안셀모의 반응은 뜻밖이었다.
"거 봐, 내가 된다고 했잖아! 축하해."
물론 그렇게 말했다. 한참 전에.

나는 지금도 특이하거나 새로운 이미지 쓰는 걸 좋아하지 않는다.
정직하고 단순한 게 좋다. 그래야 안 질린다. 70세 할머니도,
7살짜리 내 조카도 이해하고 좋아해야 한다.
좋은 광고는 100년이 지나도 낡아 보이지 않을 거다. 그러자면
단순해야 한다. 그게 진리다. 진리는 단순하다.

지구온난화로 인한 해수면 상승을 경고하는 작품. 창문에 반투명 스티커를 부착해 표현했다.

국제환경단체 NRDC(Natural Resources Defence Control) 홍보를 위해 제작한 지구 모양 양초.
대기오염으로 지구가 녹아내리는 것을 이미지화했다.

나는야
공모전
스타

뉴욕에 있는 동안 나는 줄기차게 광고 공모전을 공략했다.
줄도 없고 빽도 없고 돈도 없는 내가 뉴욕에서 살아남는 가장
좋은 전략은 그것뿐이었다. 나는 안셀모 수업 시간에 만든
'굴뚝총'이란 작품으로 2007년 원쇼 칼리지 컴페티션 비전통매체
부문Innovative Marketing 최초로 최고상인 금상을 받게 되었다.
원쇼 광고제는 칸 국제광고제Cannes International Advertising
Festival, 런던 D&Ad와 함께 세계 3대 광고제로 꼽힌다. 이
광고제를 주관하는 '원 클럽'은 비영리단체인데 원쇼 수상작은

누구도 이견을 내지 않을 만큼 작품성을 인정받았다.
상금은 400만 원. 2달러짜리 햄버거로 끼니를 해결하던 내게는
거금이었다. 나는 이 돈을 홀랑 다 썼다. 예전부터 갖고 싶었던
애플 노트북을 구했고, 안셀모에게는 최신형 아이폰을 하나
선물했다. 나중에 더 큰 상 받으면 스포츠카도 사주겠다고 했다.
남은 돈은 힘들 때 함께했던 친구들과 술 마시는 데 다 써버렸다.
1달러 한 장 안 남겼다.
원쇼 수상 소식이 알려지고 세계적인 광고 전문지『원쇼
매거진』과『커뮤니케이션 아츠』에 대문짝만 하게 기사가 실리자
학교가 완전히 뒤집어졌다. 그때까지 SVA에선 그렇게 큰 상을
받은 적이 없었다.
학교는 공개적으로 나를 적극 지원해주겠다고 선언했다.
공모전에 참여할 때 드는 비용도 학교에서 부담하기로 했다.
공모전에 작품 하나를 넣으려면 100달러 가까운 비용이

든다. 그게 부담스러워 나는 습작 프린트를 최소화해서 주변
사람들에게 자문을 구하곤 했다. 이제 그럴 필요가 없어졌다.
리처드 학장은 교내외 전시회 좋은 자리에 내 작품을 많이
걸어주었다. 인턴십 자리도 노른자위만 골라서 주었다.
미국이란 나라는 학교든 어디든 뭔가를 골고루 나눠주는 게
아니라 잘하는 사람, 즉 스타에게 '몰빵'해준다는 걸 새삼 알았다.
그런 점에서 SVA는 그야말로 미국스럽고 영악한 학교다. 소수의
우수 학생에게 모든 걸 지원했고 그 몇 명의 학생들이 학교 전체를
대변했다(SVA 학생들이라고 다 잘하는 건 절대 아니다). 나한테
너무 많은 혜택이 몰려 미안하기까지 했다. 그에 대한 보답으로
공모전 시상식에서는 항상 학교 로고가 그려진 유니폼을 입었다.
공모전 덕분에 면접하러 갈 때 나를 소개하기 위해서 긴 말이 필요
없었다. 포트폴리오만 보고도 면접관은 내가 누군지 알아봤다.
광고쟁이가 사는 길은 대표작을 갖는 것이란 점을 그때 절감했다.
잇따른 공모전 당선은 내가 한국에서 작업했던 수많은 실패작이
틀리지 않았다는 것을 확인시켜 주었다. 그동안의 설움을 단번에
보상해주었다.
나는 공모전을 치르면서 늘 기본대로 했다. 변칙은 기본을 당하지
못한다. 본질을 꿰뚫는 아이디어만 하나 있으면 잽을 여러 번 날릴
필요가 없었다. 공모전을 통해 나는 교실에서 얻을 수 없었던 또
다른 세계를 알아가기 시작했다.
이렇게 학교 밖에서 인정을 받기 시작하자 나를 투명인간
취급하던 클래스메이트들이 친한 척을 해오기 시작했다.

광고계의 전설 샐 드비토의 회사 로비에서.

뉴욕에서 열리는 거의 모든 공모전에 초대받았다. 학교에서는 만날 수 없던 업계의 거성들과 현업 광고인 멘토를 많이 사귈 수 있었다.

좋은 일이 있을 때마다 없는 돈을 탈탈 털어 크고 성대하게 잔치를 했다. 우리 집은 늘 손님들로 만원이었다.
뉴욕 유학, 청춘을 건 도박 치고는 그 결과가 꽤 괜찮았다.

허름한 우리 집을 찾는 친구들도 늘었다. 거실이 인산인해로 늘
북적거렸다. 외톨이로 처박혀서 작업만 하다가 잘난 놈 못난 놈
가리지 않고 많이 사귀게 되었다. 수업 후 남아서 과제를 물어보기
바빴던 내가 불과 1년 만에 그들을 도와주는 기이한 광경이었다.
물론 그 불편한 진실에 대한 질투와 시기의 시선도 있었지만.
뉴욕은 자기 어필을 하지 않는 자는 살아남지 못하는 곳이다.
못난 척, 못하는 척 고개를 숙이면 그 숙인 머리를 밟아버리는 게
뉴욕이다. 자기가 무엇을 잘하는지, 어디에 관심 있는지 강력하게
어필해야 한다. 못해도 잘할 수 있다고 큰소리치고, 돈 없고 빽
없다고 주눅들거나 겁먹지 않고 무조건 들이대야 한다. 뉴욕에서
살아남기 위해서는 겸손 따위는 개나 줘버리는 게 낫다.

세계 휩쓴 '한국인 광고 천재'…국내에선 홀대

세계 휩쓴 '한국인 광고 천재'…국내에선 홀대

(뉴스)

(앵커)

지난 1년 동안 크고 작은 국제 광고 대회를 거의 싹쓸이하다시피한 광고 천재가 있습니다. 뉴욕에서 공부하고 있는 한국 유학인의 쾌거 국내에서도 삼 한 번 반지 못했다고 합니다.

회특운 축사원이 만났습니다.

(기자)

지하철 천단의 장머무들에게는 히말라야산보다 높게 느껴진다는 광고, 도 공해때문에 많은 사람들이 죽는다는 환경 캠페인 광고, 세계 최고의 광고제인 'clio'와 'one show'에서 작성 부문 동상과 금상을 수상한 작품입니다.

수십의 주년공문 뉴욕의 겨 뛰어한 디자인 학교에 유학중인 디자석 씨, 한국에서 지 방대를 졸업한 뒤 이 대회 3회년에 관입한 이 씨은 작년 한해 각종 국제 광고 대회에서 무려 29개의 상을 받았습니다.

(리챠드/school of visual art 학장) 60년 학교 역사상, 이렇게 많은 심을 받은 학생 은 없었습니다.

이 구석 대능을 눈이산 학교측이 교내 엘리베이터 온 디자인을 말려다니, 문지 창조적된 새로운 디자인의 시대를 열자라 이런 작품을 제출했습니다.

오는 5됭 이달물을 말은 이 씨은 방부터 미국 최고의 광고회사본부의 스카우 제의 를 받고 있습니다.

이 씨는 그러나 국내에서는 자동 몽고 공문전에서 딱 한 번 체대로 받지 못했습니다.

(이챠석/국제광고상 수상 뮤학생) 한국의 광고를 내서 오면 그 한국 스타일이라는 지 너무 강해서 그 스타일에 맞게 하고, 국제적인 트렌드에서 떨어나고실이 될 나, 또 그거기 보면 확한, 이러진에도 제가 미물로 쓸 게 없었고...

뉴욕에는 거의 곳곳에, 대형 광고공문이 많이 걸쳐져 있습니다.

이채석 씨의 꿈은 뉴욕의 모든 몽고판을 자신의 작품으로 채우는 것입니다.

관리본실보

국제 광고공모전 휩쓴 한국인학생 이제석씨

올해 호주 등 8개 공모전서 메달 29개 차지

기자 = 2007년 한해 동안 열린 국제적인 광고 공모 전에서 금상 등 29개의 메달을 거머쥐어 두각을 나타낸 재미 한국인 유학생이 있어 화제다.

주인공은 10일 호주 시드니의 '펜건스 국제 광고공모전'에서 동상을 차지한 뉴욕 '스쿨 오브 비주얼 아트(SVA)'에 재학하는 이제석(26)씨.

국제 광고공모전 휩쓴 한국학생 이제석씨 수상 작품

그는 이날 '이 공모전에 '담배를 더 피울수록, 생명잔치를 볼 할 것이다'라는 문구를 성냥갑에 적어 넣어 흡연에 대한 경각심을 강조하는 광고를 출품해 수상했다'고 연합뉴스에 알려왔다.

올해 5월 이씨는 세계 3대 광고제의 하나로 불리는 뉴욕의 원쇼 페스티벌에서 최우수상을 받은 것을 시작으로 광고계의 오스카상으로 빗댈어지는 '클리오 어워드'에서 동상, 미국 광고협회의 '애디 어워드' 금상 2개 등 올해 모두 8개의 국제적인 광고 공모전에서 29개의 메달을 얻었다.

이씨는 '지금 학교에서는 축하메시지와 많은 격려가 쇄도하고 있다'며 '수상의 영광을 국내 광고인들과 함께 하고 싶다'고 밝혔다.

그는 '아트디렉터스클럽(ADC)과 원클럽의 대표이자 이씨의 지도교수인 일린 비비에는 몇 개도 받기 힘든 상을 1년 안에 수십개를 차지했다는 사실은 실로 믿기 어려운 만큼 대단한 일이라고 극찬했고, 스쿨 오브 비주얼아트도 학창 리처드 와임드씨도 '1947년 개교 이래 의미 있는 놀라운 기록으로 한국인 유학생임도 놀라운 재능과 열정에 갈채를 보낸다'고 말했다.

국제 광고공모전 휩쓴 한국학생 이제석씨

계명대 시각디자인학과를 졸업하고 유학을 떠난 이씨는 '유명 연예인이나 단방성 유물제한 호소하는 것이 아니라 전 세계의 남녀노소 누구나 봐도 이해하기 쉬운 아이디어가 심사 위원들의 눈길을 끈 것 같다'고 덧붙였다.

그는 유학생 신분으로 미국 최대 규모의 광고대행사인 JWT에서 인턴과정을 마치고 현재 다국적 광고회사인 'BBDO 뉴욕'에서 파트타임으로 일하고 있다.

미 한인 유학생, 세계 최대 광고제 최우수상 수상

이제석씨, 뉴욕 원쇼 페스티벌에서 1위 차지

미국 뉴욕에서 유학하는 한인 대학생이 칸 국제 광고제와 런던의 D&Ad와 함께 세계 3대 광고제로 불리는 뉴욕의 원쇼 페스티벌에서 최우수상을 수상했다.

주인공은 계명대 시각디자인학과를 졸업하고 지난해 뉴욕 '스쿨 오브 비주얼 아트(SVA)'로 유학을 간 이제석(26)씨로, 그는 지난 10일(현지시간) 열린 이 광고제 '이노베이티브 마케팅 부문'에서 1등을 차지했다.

이 씨는 14일 '원쇼 국제 광고 공모전 사상 '이노베이티브 마케팅 부문'이 생긴 이래 올해 첫 수상자를 배출했다는 점에서 의미가 있으며, 한국인이 그 영예를 차지했다'고 연합뉴스에 알려왔다.

모든 광고인들이 꿈꾸는 '원쇼'는 1975년에 창립됐으며, 올해 수상자를 처음 낸 이노베이티브 마케팅은 계발리 광고 리고도 불리며 급격하게 변화하는 미디어 시대에서 뉴 생활을 뛰어넘 발상이 파고드는 선례 새로운 방법으로 시도되는 생고 즉 '마래형 광고'라 할 수 있다.

이 씨는 '올해 주제는 환경오염에 대한 심각성을 일반인에게 알리는 공모전이었으며 세계 80여국에서 2천여 명 이상의 신세대 광고인들이 참가했다'고 말했다.

그는 카피라이터인 프랜시스코 휴씨와 함께 '대기오염으로 인해 한해 6만 명이 사망합니다'라는 광고를 출품했다. 지도교수는 프랭크 안셀모씨.

이 씨는 '평소 마케팅 홈페이지나 블로그를 통해 기발한 광고를 보고 호기심을 가졌었다'며 '이번에 수상으로 '하면 된다', '할 수 있다'는 자신감을 갖게 됐다'고 소감을 밝혔다.

현재 광고대행사인 'JWT'에서 인턴으로 활동하는 그는 '공부를 열심히 해 미국의 유명회사에 취직해 근무하다 귀국해 한국 광고계를 세계 수준으로 높이는데 일조하고 싶다'고 말했다.

어느 날 눈을 떠보니 세상이 달라져 있었고,
이제 죽어도 여한이 없겠다는 생각마저 들었다.
동네 뒷골목 간판쟁이의 설움은 이 한 방으로 깨끗하게 씻어졌다.

비주얼이
대빵
강하잖아

공모전에 작품을 보내는 족족 굵직굵직한 상이 따라왔다. 여태껏
상을 못 받은 게 신기할 정도였다. 사람들이 놀란 것은 내가
하나의 작품으로 여러 가지 상을 받는다는 거였다. 광고계에서는
매우 드문 일이다. 흔히 유럽의 광고인들은 칸 국제광고제에서,
영국은 D&Ad 광고제에서, 미국은 원쇼를 통해 패거리를 짓는다.
로비를 어떻게 하느냐에 따라 심사위원이 특정 회사를 밀어주기도
하고 공모전마다 수상작 분위기가 천차만별이다. 그런데 한
사람이 하나의 작품으로 여러 개의 상을 따내자 신기해했다.
어떻게 하면 당선되는지 물어보려고 했다. 아마도 내게 특별한
노하우가 있을 거라고 생각했을 것이다.
"응, 그냥 열심히 하면 돼. 우선 작업을 하라고."
그러면서 나는 속으로 말했다.
"에라이, 미친놈들아. 손 안 대고 코 풀려는 마음부터 버려. 이승엽
선수가 괜히 홈런 치는 줄 알아? 홈런 한 방에는 그만큼 많은
땀과 피가 들어간 거야."
동료 학생들은 내 원론적인 대답에 실망했지만 나는 핵심을
찔렀다고 본다. 그렇지만 내가 하지 못한 말이 있었다.

"비주얼로 승부하라고. 대빵 강력한 이미지로."

바로 이거였다. 내가 공모전에 당선되는 이유는. 나는 말이 필요 없는 작품을 만들었다. 대신 그림으로 도전했다. 말은 나라마다 다르지만 그림은 만국 공통이다. 그걸로 핵심을 건드린다. 그러자면 무엇보다 드러내고자 하는 메시지가 정확해야 한다. 주제를 풀어가는 방식도 남들과 달라야 한다. 내게 이보다 명료한 노하우는 없었다.

어떻게 보면 비주얼로 승부를 걸 수밖에 없었다. 원어민보다 영어를 잘할 수 없는 내가 서양식 유머나 유행어를 할 수는 없는 노릇 아닌가? 교수들도 대놓고 "영어도 못하는 놈이 무슨 광고를 한다는 거냐?"라고 비아냥댔다. 광고를 전공하는 외국인 유학생을 보는 눈이 그랬다. 실제로 미국 광고회사에 한국인은 거의 없다. 하지만 영어를 잘 못했기 때문에 시각언어에 대한 감이 크게 늘었다. 말(카피)로 다 설명할 수 없는 답답함 때문에 미친 듯이 그림으로 말하는 훈련을 했다. 남들이 카피를 멋지게 쓰려고 고민할 때 나는 어떻게 하면 카피를 그림으로 담아낼 수 있을까를 고민했다. 광고계에서도 '글 쓰는 사람'은 많지만 '그림 쓰는 사람'은 흔치 않다. 알고 보니 세계 최고의 광고 선진국인 브라질 광고 전문가들도 처음 미국 시장에 진출할 때 나처럼 했다고 한다. 그들이 창안한 시각적 표현 광고는 현재 가장 보편적이고 인기 있는 광고 스타일로 자리 잡았고 앞으로도 그럴 것이다. 말도 다르고 문화도 다른 국제 시장에서 낯선 소비자들과 소통하려는 글로벌 브랜드 광고주들이 존재하는 한.

불만은
크리에이티비티를
낳는다

솔직히 말해 나는 좀 투덜대는 편이다. 세상이 이상하게
돌아가는 걸 못 참는다. 비상식적으로 설쳐대는 사람에게는 욕을
퍼부어주고 잘못된 것을 보면 바로잡아야 한다. 곪을 대로 곪은
선천성 만성 불만증이 한번은 뉴욕 지하철역에서 제대로 터졌다.
평소 나는 자전거를 타고 다녔는데 브루클린에 갈 일이 있어
지하철을 탔다. 가본 사람은 다 알지만 뉴욕의 지하철은 진짜
지옥철이다. 정말 드럽게 더럽다. 고양이만 한 쥐가 이리저리
뛰어다닌다. 통로는 어둡고 침침해서 사람이 없을 때 어디선가
발소리라도 들리면 등골이 오싹할 때가 많다. 하도 오래전에
만들어진 역사여서 엘리베이터나 에스컬레이터를 구경할 수도
없다.

그날 지하철을 빠져나와 계단을 오를 때였다. 내 앞에서 하마처럼
뚱뚱한 흑인 할머니가 증기기관차처럼 푹푹 숨을 내쉬면서
간신히 계단을 오르고 있었다. 등에 매달린 커다란 백팩 때문에
나도 숨을 헐떡거리며 계단을 오르는 중이었다. 마치 등산을 하는
것처럼! 그때 나도 모르게 저절로 씩씩거리기 시작했다.
'빌어먹을, 지하철을 이따위로 만들어놓으면 어떻게 하라는 거야.

For some, It's Mt. Everest.

Help build more handicap facilities.

American
Disability
Association
WWW.ADANET.ORG

"누군가에게 이 계단은 에베레스트 산입니다"
미국 장애인 재단의 장애인 시설 확충을 위한 옥외광고.
광고계의 오스카상이라고 불리는 클리오 어워드 수상.

올라가다 쓰러지면 시에서 책임져줄 거야 뭐야. 세계에서 부자가 가장 많은 도시에서 왜 에스컬레이터도 하나 설치하지 못하는 거냐고?' 봇물 터지듯 불평불만이 쏟아져 나왔다.

'장애인은 어쩌라는 거야? 에스컬레이터도 없는 판에 장애인용 휠체어 리프트가 있을 리가 없겠지? 지하철 계단 오르는 게 에베레스트 등반이나 마찬가지구먼!'

'어, 뭐라고? 계단이 히말라야라고?'

뭔가가 머릿속에서 파박 했다. 그러고 보니 장애인에게 뉴욕의 지하철 계단은 에베레스트 산보다 더 험한 길일지도 모른다. 여느 때처럼 가방에서 아무 종이나 꺼내 펜으로 슥슥 스케치했다. 대충 그린 스케치를 다음 수업 시간에 안셀모에게 보여주었더니 예의 그놈의 홈런 타령이 또 나왔다. 이 정도 반응이면 뭐가 되겠는데……. 역시 '불만은 영혼을 일깨운다'는 이제석의 크리에이티비티 법칙이 맞았다. 아닌 게 아니라 부조리한 상황을 보면 '에이 씨, 왜 이딴 식이야!' '이걸 어떻게 해결해주지?' 하고 투덜대다 작품을 짤 때가 많다. '불만은 발명의 어머니'란 구호와 맥락이 비슷하다.

이미지를 구성하기 위해 나는 이튿날 다시 그 지하철역으로 갔다. 계단은 역시 에베레스트 산처럼 까마득해 보였다. 계단 아래에서 위쪽을 향해 셔터를 몇 차례 눌렀다. 그날따라 계단에는 개미 새끼 한 마리 얼씬거리지 않아 사진 찍기에 더없이 좋았다. 위쪽에서 맑은 햇빛이 들어와서 따로 조명도 필요하지 않았다.

산 이미지는 사진 사이트를 뒤적여 찾았다. 실제 히말라야를

보여줄 필요는 없었다. 단지 험한 산이면 됐다. 진짜 눈 덮인
에베레스트 산은 너무 현실감이 떨어져 좋지 않다.

자칫 '저런 산을 누가 오르냐?'라는 생각이 들게 하면 마이너스
효과가 날 수도 있다. 카피도 이미지도 과잉되면 안 된다.

나는 산 이미지를 골라 그전에 찍어온 계단 사진에 맞게 이미지를
재구성했다. 계단 옆면에 오려 붙일 수 있는 래핑광고로 만들었다.

카피의 주제는 이미 머릿속에 정해져 있었다. 장애인이 계단을
오르는 건 히말라야를 오르는 것만큼 어렵다는 것이다. 그런데
안셀모가 반대했다.

"카피가 너무 길어."

"메시지가 확실하면 좀 길어도 되잖아요?"

쉽게 물러서지 않자 내가 원하는 대로 갔다.

"누군가에게 이 계단은 에베레스트 산입니다."

극단적이고 뻔뻔한 과장이었다. 하지만 제때 잘만 써먹으면 효과
만빵인 크리에이티비티 법칙이다.

나는 계단 광고로 2007년 클리오 어워드Clio Award 대학생
부문에서 동상을 받았다. 80년 역사를 자랑하는 클리오 어워드는
칸 광고제와 쌍벽을 이룰 정도로 권위가 있다.

당신 목숨을
태우시렵니까

내가 만든 작품 중에서 가장 작지만 가장 강렬한 광고가 있다.
'미국 폐 건강협회American Lung Association'를 위해 만든 종이
성냥이다. 가로 2인치 세로 3인치가 채 되지 않는 크기다.

미국 사람들은 일회용 라이터 대신 종이 성냥을 많이 쓴다. 종이
성냥개비를 하나씩 찢어서 사용하는 이 성냥은 담배를 사면
끼워주기도 해서 사무실 어디서나 몇 개씩 굴러다녔다.

'하여튼 담배 피우는 인간들은 지저분하다니까. 아무 데나 꽁초
버리고 재 떨고, 자기네 방에서도 그러는가 몰라.'

여느 때처럼 혼자 투덜대며 무심코 성냥 커버를 열었다. 남은
성냥개비가 딱 하나뿐이어서 그랬는지 색다른 느낌이 들었다.
요모조모 뜯어보니 하나 남은 성냥개비가 마치 불 켜진 초처럼
보이기 시작했다. 성냥개비가 초로 보이자 초의 개수는 저절로
나이와 연결됐다. 그럼, 초의 개수가 줄어들면 수명이 짧아지는
거네! 생각이 꼬리를 물었다. 아이디어는 이렇게 링크가 착착
연결돼야 설득력을 얻을 수 있다. 그게 바로 내가 강조하는
크리에이티비티 원칙 중 하나다. 아이디어가 사라질까 봐 서둘러
샘플 하나를 만들었다. 그걸 보니 카피는 금세 튀어나왔다.

성문 종합영어를 공부할 때 외워뒀던 비교급 구문이 생각났기 때문이다. 이럴 때 써먹을 줄이야. 많이 가지면 가질수록 더 원하게 된다는 표현, 즉 'The more you have, the more you want'가 그거다. 단어가 반복되면서 뜻이 증폭되는 구문을 원했던 거다. 내가 뽑은 카피는 "더 피우면 피울수록 생일잔치는 준다The more you smoke, the less you celebrate"였다.

이 작품을 공모전에 출품할 때 나는 처음의 내 느낌을 살리기 위해 A4 종이 위에 이미지를 종이 성냥의 실제 크기와 똑같이 조그맣게 출력해서 제출했다. 이 작품은 호주의 영건스Young Guns 동상과 뉴욕 아트디렉터스클럽ADC 은상 등 여러 상을 가져왔다.

금연 메시지를 전하는 광고에 담배 피우는 도구인 성냥을 끌어들인 역발상, 다시 말해 '상식 뒤집기'는 내가 자주 써먹는 크리에이티비티 원칙 중 하나다. 아마 이 성냥을 사용하는 사람은 성냥개비를 뜯어 불을 댕기는 순간 가슴이 묵직해질 거다. 그 느낌은, 이빨이 썩고 심장이 시커메진 다른 금연 홍보물을 볼 때의 살벌하고 불쾌한 기분과는 다르지 않을까.

이 작품에 애착이 가는 건 작은 크기로 큰 효과를 낼 수 있다는 걸 확인했기 때문이다. 돈을 많이 들여야 하는 전통매체 광고의 틀에서 벗어나 적은 예산으로도 좋은 메시지를 효과적으로 알릴 수 있다는 얘기다. 아이디어의 크기는 물리적인 크기와 비례하지 않는다.

"피우면 피울수록, 생일잔치는 줄어듭니다"
미국 폐 건강협회를 위한 홍보물 디자인.

The more you smoke, the less you celebrate.

✝ AMERICAN LUNG ASSOCIATION

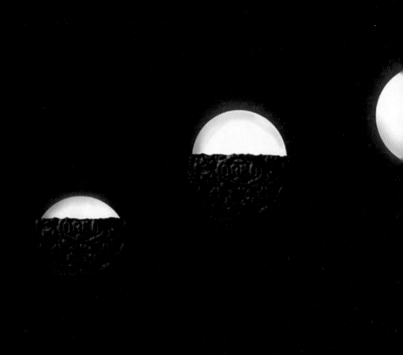

Breakfast

Anytime **OREO**

Dinner

아침 · 점심 · 저녁. 언제나 오레오.

우유컵처럼 찢어진 대형 광고판.

우유 같은 액체가 채워진 광고판.

택시 유리창을 활용한 스티커 광고.

'우유에 찍어 먹으면 더욱 맛있는 오레오' 시리즈.
내가 만든 오레오 광고 시리즈 안에는 오레오와 우유 외에는 아무것도 들어 있지
않다. 오레오 쿠키와 우유컵만으로도 이렇게 다양한 표현이 가능하다.

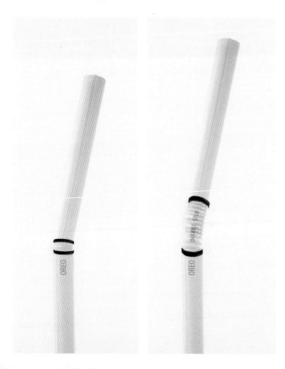

오레오 더블 스터프.
쿠키 사이에 크림이 두 배로 많이 들어 있다는
제품의 특징을 강조했다.

오 미니. 미니 사이즈의 오레오 쿠키를 미니 마우스 캐릭터로 형상화했다.

A cat should look like a cat.
IAMS Weight Control.

"고양이가 고양이답게 생겨야지"
IAMS 반려동물용 다이어트 사료 광고 포스터.

IAMS 반려동물용 다이어트 사료 광고 시리즈물 **"강아지는 강아지답게 생겨야죠"**.

A dog should look like a dog.
IAMS Weight Control.

91

닥터 카진스키-덴탈 케어Dr. K&S Dental Care를 위한 천장 부착형 광고 포스터.

"아마 당신 아이들은 동물원 구경이 필요한 것 같네요"
뉴욕 브롱스 동물원.

SNAKE

95

엄청나게 잘 늘어나는 쓰레기봉투 Glad Forceflex.

Extremely stretchable.

Swiffer 기능성 물걸레 광고.

IMAX 3D 극장용 옥외 광고.

버스 정류장 유리창에 설치된 유리세정제 광고.
뉴욕 ADDY 어워드 금상 수상작.

버즈 오프Buzz Off 벌레 퇴치용 기능성 티셔츠 광고.

UNDO YOUR TATTOO. COM
Tattoo Removal Specialists.

문신 지워주는 서비스 언두유어타투닷컴UndoYourTattoo.com 광고.
문신이 있어서는 안 될 부적절한 상황을 위트 있게 보여주고 있다.

지퍼락**ZIPLOC** 싱싱팩 광고.

"인생 모르는 거죠Hey, You Never Know"
뉴욕 로또 복권 광고.

"인생 모르는 거죠Hey, You Never Know"
뉴욕 로또 복권 광고 시리즈.

거꾸로 뒤집어놓은 딱정벌레차 비틀Beetle을 통해 죽은 벌레를 연상케 하는 살충제 Raid 광고.
유럽의 가장 영향력 있는 광고 매거진 『아카이브』 선정 이달의 우수작.

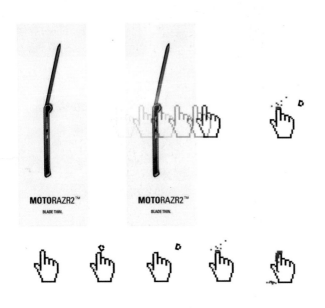

모토로라 휴대폰 레이저2 인터넷 배너 광고.
칼날처럼 얇은 두께를 표현했다. 휴대폰 위로 마우스 커서가 지나가면 손가락이 베인다.

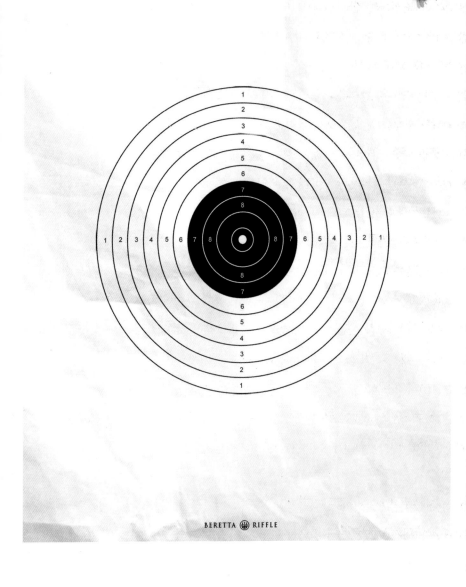

베레타 엽총 광고.
얼핏 보면 빗맞은 것 같지만 자세히 보면 그렇지 않다.

"당신에게 딱 맞는 가구를 찾으세요" 이케아 가구점 옥외 광고.
좁은 집에 사는 뉴욕 뜨내기들에게 이케아 가구만의 공간 활용적 특장점을 어필하기 위한 전략이 담겨 있다.
ANDY 어워드 학생부 은상 수상작.

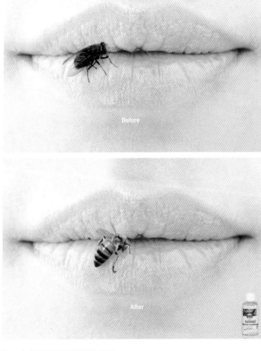

Tom's 친환경 구강청정제 광고.

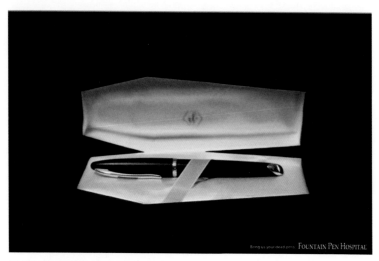

"당신의 죽은 만년필을 가져오세요"
Fountain Pen Hospital 만년필 수리점 광고.

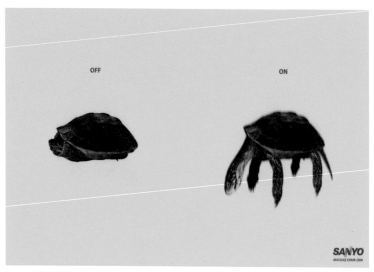

Sanyo 전동 마사지 의자 광고.

망원경을 활용한 검색 사이트 홍보 광고.

Dr. Martens Steel Toe Shoes 산업 재해 방지용 강화 신발.
공사 현장에서 발 부상을 방지하기 위해 고안된 산업용 강화 신발.

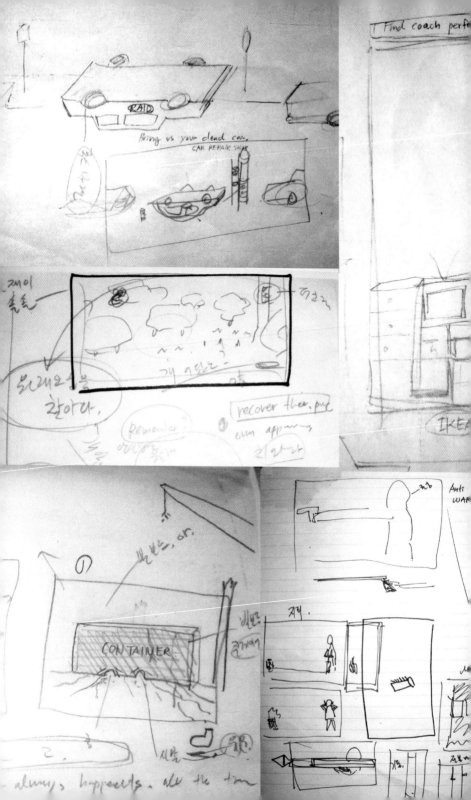

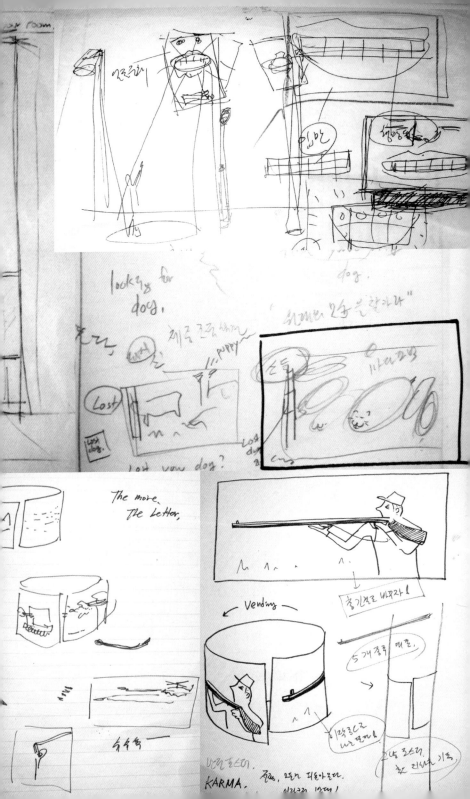

똥 누며 생각하고
밥 먹으며 메모하라

Think란 낱말 하나로 내 인생의 터닝포인트를 만들어준 게 SVA
홍보물이다. SVA는 학교를 홍보하기 위해 매년 세계 최고의 아트
디렉터를 골라 홍보 포스터와 브로슈어 제작을 의뢰했다. 하지만
2007년 SVA의 리처드 와일드 학장은 그 전통을 바꿨다. 안셀모의
클래스에서 세계적인 광고 히트작이 나오자 "젊은 피를 활용하자.
굳이 외주 줄 게 뭐 있나?"며 안셀모에게 총대를 메게 했다.
학생들은 채택만 되면 단박에 세계 정상급 아트 디렉터와 어깨를
나란히 하는 거라 내심 기대에 차 있었다.
안셀모는 이 프로젝트를 시작하면서 긴말하지 않았다. 어떤 놈의
것이든 FGI, 즉 '졸라 괜찮은 아이디어'라면 뽑아주겠다고 했다.
우리에게 한 가지 조건이 주어졌다.
"미술대학 이미지를 탈피하라. 콘셉트는 THINK." 교육자이자
전설적인 아트 디렉터이기도 한 와일드 학장은 SVA가 그림
그리는 학생들만 오는 학교가 아니라 창의적인 아이디어를 가진
학생들이 오는 곳이라는 걸 알리고 싶어 했다.
내가 맨 처음 제안한 건 지포라이터였다. 라이터 뚜껑을 열고 불을
붙이면 머리에서 불이 올라오는 이미지였다. SVA 학생들의 머리는

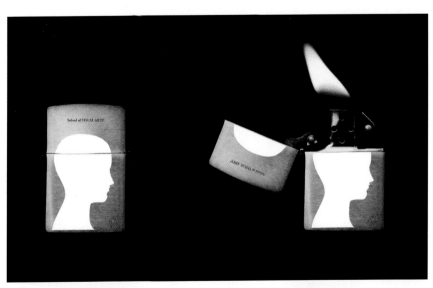

늘 아이디어로 불타오른다는 메시지였다. 안셀모는 즉석에서
"홈런"을 외쳤지만 조금 지나자 딴소리를 했다. 학교에서
학생들에게 흡연을 권하는 것처럼 오해할 수 있다는 것이었다.
두 번째 아이디어는 헤드 스위치. ON/OFF 표시가 돼 있는 전등
스위치를 사람의 머리 이미지 속에 배치하는 거였다.
세 번째는 팝콘 기계에서 힌트를 얻은 아이디어 뻥튀기 기계였다.
머리 뚜껑이 열리면서 아이디어가 팝콘처럼 파바박 튀어나오는
이미지였다.
미켈란젤로의 〈천지창조〉, 그중에서도 가장 유명한 '아담의 창조'
부분을 패러디한 것도 그때 보여준 작품이다. 엘리베이터 버튼에
그림 속 인물의 손가락 끝이 닿도록 한 것이다. 아이디어가 위대한
창조의 순간을 낳을 수 있다는 뜻을 담은 야심작이었다. 하지만
섭섭하게도 안셀모의 반응은 뜨뜻미지근했다.
회사 카페에 혼자 앉아서 냅킨에다 뭔가를 끄적거리다 생각해보니
시도 때도 없이 생각하고 메모하고 스케치하는 인간이 바로
나였다. 냅킨이든 뭐든 손에 걸리는 건 다 메모지였고 아무 데서나
생각에 빠져 있는 나야말로 이 프로젝트의 모델이었다.
생각이 여기까지 이르자 아이디어가 저 혼자 일사천리로 달렸다.
'냅킨에다 줄무늬를 그려 넣는 거야. 두루마리 휴지, 종이 쟁반 깔
개도 다 노트가 될 수 있잖아. 그런 걸 다 노트로 바꿔버리는
거야.'
이미지고 뭐고 할 게 없었다. 미국인이 메모할 때 많이 쓰는 노란
바탕의 줄무늬 노트 흉내를 내면 그만이었다. 귀퉁이에는 긴말

122

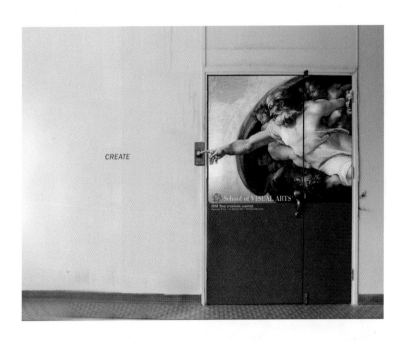

천지창조 2007년 '창작하라'는 메시지로 SVA 학교 광고로 최초 제안했다가
2009년 '다시 태어나라'는 메시지로 한 성형외과의 광고로 리메이크되기도 했다.
같은 비주얼로도 여러 메시지와 목적들을 뽑아낼 수 있다.

말고 'Think!'란 단어만 써넣었다. 안셀모의 입에서 마침내 FGI가 터져 나왔다.

그날 이후 교내 모든 카페의 휴지, 냅킨, 설탕 봉지, 종이 쟁반 깔개에 줄이 그어졌다. 홍보물의 반응은 폭발적이었다. 순식간에 학생들이 집으로 갖고 가 물품이 달렸다. 그 광고를 본 적도 없다는 원성이 쏟아졌다.

이 작품은 '아트 디렉터스 클럽상'을 받았다. 광고인들이 주는 상이어서 더 영광이었다. 미국에서 가장 권위 있는 시각예술 잡지인 『커뮤니케이션 아츠』에도 실렸다. 거기에 작품이 실리는 것 자체가 공모전 수상에 버금가는 일이다. 잡지사 『크리에이티비티Creativity』에서 이달의 우수작으로도 꼽혔다. 내 작품 덕에 SVA가 홍보 효과는 확실히 거두었다. 세계적인 스타 디자이너에게 이 프로젝트를 맡겼을 때 지불해야 할 사례금도 절약했다. 내게 주어진 금전적인 보상은 땡전 한 푼 없었다. 하지만 학교에 감사했다. 돈으로 환산할 수 없는 것을 안겨준 셈이다.

지우개가 더 큰 연필.
'더 많이 실수하라 Make more mistakes'라는 문구가 적혀 있다.

나는
아이디어
중독자다

인터넷에 이제석을 검색하면 '광고 천재'라는 수식어가 뜬다.
내가 광고 천재라고? 뭘 몰라서 하는 말이다. 아마 내 실패작들을
모으면 적어도 트럭 몇 대 분량은 나올 거다. 그걸 알면 나를
'광고 바보'라고 부를 사람이 더 많을 거다. 나의 히트작들은 수만
개의 실패작 가운데 겨우 살아남은 돌연변이들이다.
지금도 뉴욕의 내 방에 가면 큼지막한 캐비닛이 있다. 거기에는
아이디어 메모한 것과 취재 자료들이 빼곡하게 들어차 있다.
캐비닛이 아이디어들의 무덤은 아니다. 훗날 깨어나기를 기다리는
SF영화 속 냉동 인간들 같다고 보면 된다.
밥 먹고 하는 일이 머리 싸매고 아이디어 내는 것이니 당연하다.
멍한 표정으로 뭘 보고 있으면 생각 짜내는 중이고, 펜만 잡으면
아무 데나 끄적인다. 냅킨 같은 건 말할 것도 없고 손바닥, 손등,
그것도 모자라면 손가락 사이에도 메모한다.
지갑에도 돈보다는 포스트잇이며 구겨진 종이 쪼가리가 더 많다.
수첩을 따로 들고 다니다가 잃어버린 적이 많기 때문에 아예 지갑
속에 메모를 붙이고 다닌다. 아주 작은 볼펜심을 포스트잇과 같이
지갑에 꽂고 다니다가 생각이 날 때마다 뽑아서 메모를 한다.

메모지 한 장이 돈보다 더 귀할 때도 있기 때문에 지갑 속에 넣어 다니는 건 당연하다.

한마디로 나는 아이디어 중독자다. 광고판에는 그런 이들이 많을 것 같지만 의외로 후천성 아이디어 결핍증 환자가 많다. 내용보다는 포장하는 데만 열을 올린다. 모델에 입힐 명품 옷과 세련된 메이크업만 들입다 판다. 그게 다 알맹이, 아이디어가 없어서 그러는 거다. 아이디어가 없으니 프레젠테이션 준비에 목을 맨다. 그걸 보여주면서 세련된 차림의 크리에이티브 디렉터가 자기도 잘 모르는 게 분명한, 이상야릇한 전문용어와 약어를 갖다 붙여 구라를 친다.

클라이언트는 어렵기도 하고 무식하단 소리 들을까 봐 무슨 뜻이냐고 물어볼 수도 없다. 모르긴 몰라도 이렇게 프레젠테이션 준비하는 시간이 아이디어 짜는 시간보다 열 배는 더 많을 거다. 나 같으면, 프레젠테이션까지 7일 남았다면 6일을 아이디어 짜는 데 쓴다. 기획서도 두 장으로 끝내야 한다는 게 내 지론이다. 한 장에는 문제점 쓰고, 다른 한 장에는 해결책 쓰는 식이다. 이렇게 간단명료하지 않으면 해결책을 못 찾았다는 얘기다. 그 외적인 것들은 다 사기고 구라다. 좋은 아이디어는 설령 왼손으로 대충 그려도 다 알아본다.

이게 다 뉴욕에서 수업 첫날 내 과제물을 패대기치면서 욕을 퍼부었던 마리우치 교수가 가르쳐준 정신이다. 사실 예쁜 액세서리나 모델, 의상은 나중에 얼마든지 신경 써도 된다. 아마 선수라면 무슨 말인지 다 알 거다. 나는 클라이언트가 나를 보고

메모1: 손에 막 쓰는 방식.

메모2: 벽에 막 붙임.

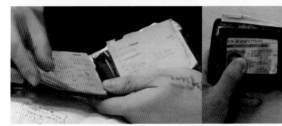

메모3: 포스트잇을 지갑에 붙여 가지고 다님.

메모4: 수첩에 기록된 내용을 A4에 다시 옮겨 붙여 파일이나 서류 봉투에 보관.

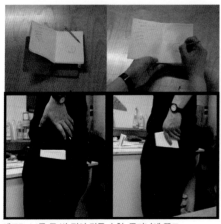

메모5: A4를 두 번 접어 만든 수첩. 주머니에 꽂고 다님. 얇은 펜과 받침용 두꺼운 종이가 들어 있음.

메모6: 달력형 메모. 일별,주별,월별 계획과 아이디어를 써서 시간대별로 기록함.

마치 용한 점쟁이를 만난 기분이 들게 해야 된다고 본다.
점집 찾아온 손님 무릎이 방바닥에 닿기도 전에 "넌 이게
문제구나!"라고 핵심을 찔러줘야 한다. 놀란 손님에게 "굿 한 번
하고 부적 하나 써봐"라고 솔루션을 제안하는 거다.
"우리 회장님께서 대충 설명하면 성의 없다고 싫어하실 겁니다."
뭘 몰라도 한참 모르는 소리다. 한 시간 아이디어 짜고
포토샵하는 데 열 시간씩 들이는 게 정상인가, 열 시간 아이디어
짜고 한 시간 스케치하는 게 정상인가? 이런 것도 가려낼 줄
모르는 광고주라면 정말 속여먹기 쉽다.
나는 눈과 귀만 자극하는 광고는 만들고 싶지 않다. 유명
모델이나 소스에만 집착하는 것도, 물량으로 승부하는 것도 피할
거다. 나는 잡스러운 광고를 혐오한다. 간결하고 분명한 메시지를
전하는 광고를 만들고 싶다. 광고는 포장을 씌우는 작업이
아니라 포장을 벗기는 작업이다. 소비자에게 상품을 잘 보여주고
소비자의 구매 행위를 돕고, 기업 이미지와 브랜드 가치를 키우는
본질에 충실한 광고, 기본에 충실한 광고를 하겠다는 것이다.
그렇게 하려면 첫째도 아이디어 둘째도 아이디어 셋째도
아이디어다. 아이디어가 아니라 외적인 것들에 의존하는 건
광고쟁이의 '책임 회피'다.
이런 얘기하면 아이디어 어디서 얻느냐고 묻는다. 내 대답은
간단하다. "클라이언트와 동거하라."
광고주에 대한 리서치와 보고서를 박사 논문 수준으로 써야 함은
두말하면 잔소리고, 내가 팔게 될 광고 제품을 온종일 쓰다 보면

내 몸에 익어버리고 어느 순간 클라이언트 제품 속에 풍덩 빠진다. 그때부터는 세상 모든 사물들이 클라이언트 제품과 오버랩되어 보이기 시작하고 무아지경에 빠진다. 요즘 유행하는 개그가 뭔지? 요즘 뜨는 연예인이 누군지? 야근하며 밤새 클릭할 시간에 광고주에 대해 더 공부하라는 뜻이다.

나는 오레오 광고를 만들 때 하루 세 끼 오레오만 먹어댔다. 이빨 사이사이에는 검은 과자 찌꺼기가 끼었고 똥 누고 돌아서서 보면 똥 색깔이 짙은 갈색도 아닌 완전한 흑색이었다. 아스팔트 찌꺼기가 변기에 떠 있는 것 같다. 이런 짓을 하다 보면 어느 순간 그분이 오신다. 빵! 하고 머리가 새하얘지면서 온몸에 전율이 인다. 팔 뒤에서부터 어깨 등줄기 목줄기 뒤통수를 타고 백만 볼트의 전류가 흐르면서 온몸에 소름이 돋고 다시 괄약근과 전립선까지 타고 내려온다. 사형수가 따로 없다. 나는 이 맛에 광고한다. 아이디어 짜내는 일을 도저히 그만둘 수 없는 거다.

쑈를 하라, 쌩쑈를 하라

사내대장부 포부 치고는 좀스럽다고 하겠지만 내가 뉴욕에 온 가장 큰 목적은 취직이다. 세계적인 광고 공모전에 도전한 것도 알고 보면 취직을 잘하기 위해서였다. 그러려면 나를 멋들어지게 팔아먹을 줄 알아야 한다. 광고쟁이 임무는 뭐가 됐든 잘 파는 거니까.

나는 나를 팔아먹을 사고를 치기로 작정했다. 미국 광고협회에서 주관하는 뉴욕 ADDY 어워드 시상식 날로 잡았다. 광고계의 VIP들이 수두룩 참석하는 초대형 행사다. 세계 유수 광고회사들을 대표하는 스타급 광고쟁이들에게 줄줄이 트로피가 수여되었고 드디어 학생 부문 수상식이 이어졌다. 나는 그날 금메달 두 개를 받기로 되어 있었다. 내 이름이 호명되자 SVA 로고가 크게 그려진 티셔츠를 입고 무대 위로 뚜벅 뚜벅 올라갔다. 그리고 수상 소감을 밝히는 순간, 나는 느닷없이 큰소리로 외쳤다. "인턴십 구합니다."

여기저기서 큭큭큭 웃음소리와 박수가 터져 나왔다. 곧이어 내 일생일대의 생쑈가 시작되었다. 참석자들에게 노골적으로 뇌물 공세를 펼친 것이다. 이제석이 어떤 놈인지를 잘 알 수 있는

전단지와 함께 예전에 학교 과제로 만들어놓았던 지포라이터를
선물로 돌렸다. 뚜껑을 열어 불을 붙이면 머리에서 불꽃이 활활
타오르는 것처럼 보이도록 내가 직접 디자인한 것이다.

"내 머릿속에서는 늘 아이디어가 활활 타오릅니다."

이런 메시지였다. 뒷면에는 내 연락처와 홈페이지를 잘 보이게
적어놓았다. 시상식장에서 이렇게 난리를 친 경우가 한 번도
없었던지 광고쟁이들은 '깜찍하다'는 표정으로 내 쇼를 즐겼다.
덕분에 일자리는 바로 그 자리에서 연결되었다. 'JWT NEW
YORK'이었다. 미국에서 가장 오래되고 가장 큰 초대형 광고회사
였다.

미국 현지인도 취직하기 힘든 뉴욕에서 나는 SVA 동기생 중 가장
먼저 인턴십을 구했다. 대형 메이저 광고회사에서 거지꼴을 하고
다니던 외국인 학생에게 엄청난 기회를 준 것이다.

수상식장마다 온갖 수단과 방식을 가리지 않고 나를 알리고 홍보하는 데 총력을 기울였다.
광고쟁이는 나부터 광고할 줄 알아야 한다고 생각했다.

종횡무진
매디슨 애비뉴
상경기

2007년 6월 JWT NEW YORK에 인턴으로 첫 출근을 했다.
유학 온 지 10개월 만이다. JWT는 전 세계 광고인이 선망하는
꿈의 궁전다웠다. 흰색과 회색으로 장식한 모던한 건물 인테리어,
쭉쭉빵빵이란 표현으로는 한참 모자라는 여직원, 파란 가죽
소파와 개인 책상을 갖춘 사무실. 출근 첫날, 이런 곳이라면 뼈를
묻어도 좋겠다고 오버했다.

공룡같이 큰 회사가 몸뚱이를 한 번 움직이려면 아주 천천히 길고
복잡한 프로세스를 거쳐야 했다. 그래야지만 작품 하나가 탄생할
수 있기 때문에 고작 몇 달이라는 인턴 기간에 승부를 봐야 할
나는 점점 조바심이 들었다. 있는 동안 최대한 많이 뽑아내자!
마음이 급했다. 다급한 마음으로 야근을 불사하며 사수들을
졸라가며 작품을 뽑아냈다. 인턴에게는 주어지기 어려운 실전
프로젝트들에서도 몇 차례나 내가 낸 아이디어가 채택되어 뉴욕
바닥에 깔리기도 했다.

그리고 인턴 경연 대회와 평가회에서 1등을 거두게 되었다.
직속 상관에게 좋은 평가와 정식 취업 추천까지 받으며 인턴을
화려하게 마쳤다.

꿈에도 그리던 광고계의 메카, 광고계의 거성들이 모여 있는 뉴욕 매디슨 애비뉴를 종횡무진하던 시절.

JWT NEW YORK에서 넉 달의 인턴십을 끝내고 곧바로
파트타임 일자리를 얻었다. 학생 신분(비자)이라서 정식 고용은
어려웠다. 회사는 광고인이면 누구나 들어가고 싶은 'BBDO
NEW YORK'이었다. 수많은 마케팅 신화를 낳은 광고대행사
BBDO는 '사치앤사치'와 더불어 공모전에서 가장 상을 많이
쓸어가는 회사다.

이 회사에 들어가게 된 것도 시상식장에서 지포라이터로 벌인
생쇼 덕분이다. 그날 나를 눈여겨본 인사 담당자 모니카가 나를
자기 회사에 소개했다. BBDO도 이력서를 보자고 하지 않았다.
작품 열 점 정도만 보여달라고 했다. BBDO에서 나는 5개월의
계약 기간에 세계 최고 전문가라는 광고쟁이들을 만났다.
그레그 한Greg Hahn, 에릭 실버Eric Silver, 척 초Chuck Tso,
둘시디오Dulcidio Caldeira. 대가라고 생각했던 사람들이 바로 이
회사에 다 있었다. 큰물에서 노는 그들은 역시 실전에 강했다.
확실히 이 회사는 최고의 포트폴리오를 자랑하는 강자답게
쓸데없는 장시간 회의나 소모적인 단체 활동은 줄이고, 개별
활동을 통한 개인의 역량과 실적을 중요시하는 분위기였다.
각각의 직원들의 작업 공간까지 마련되어 있었다. 충분히
사색하고 고민하라는 뜻이다. 나는 운 좋게도 그 대가들의 방에
종종 놀러 가 광고에 대해 깊은 대화를 나누고 내게 부족한 면을
배울 기회를 얻었다.

파트타임 계약 기간이 끝난 2008년 1월, 제법 괜찮은 몸값을
받고 세계적인 광고대행사 FCB(Foote, Cone & Belding)에

안착했다. 이 회사는 광고기획 분야에서 FCB모델을 처음으로 창안한 곳으로 역사만 100년에 가까운 국제적 기업이다. 나의 첫 풀타임 직장이었다. 광고쟁이들의 구인·구직 창구인 '포트폴리오 나이트'에서 나를 잘 광고한 결과였다. '포트폴리오 나이트'는 헤드헌트 회사나 에이전시들이 마련하는 연중행사다. 구직자와 광고회사 채용 담당자가 맥주를 마시며 농담도 해가면서 즉석 인터뷰를 한다. 이것저것 서로 찔러보면서 상대를 파악하고 조건도 타진한다.

제발 취직만 하게 해달라고 간절히 기도하던 내가 이제는 가고 싶은 회사를 골라잡게 되었다. 50명의 광고회사 담당자와 인터뷰를 해서 21명에게서 초대 메일을 받은 것이다. 그때 나를 인터뷰했던 이 중 하나가 브라질 출신의 클라우디오Claudio Lima다. 10년 경력의 베테랑인 그는 '궁극의 말발'을 구사했다. 세계적으로 유명한 과자 오레오 등 상업광고들은 모두 클라우디오와 만들었다. 말발이 부족한 내가 아이디어를 내면 그는 그럴싸하게 포장해서 클라이언트들을 설득했다. FCB는 당시 독일계 미국인 크리스 베커가 대표를 맡고 있었는데 그는 면접에서 내 작품집을 본 다음 날 바로 정직원으로 출근하라고 통보했다. 워킹 비자를 포함해 모든 법적 문제도 해결해주었다. 공모전 실적에 관심이 많았는지 내게 은밀한 작업실을 만들어주고는 "네 손에 우리 회사의 미래가 달려 있다"는 식의 부담스러운 칭찬을 해댔다.
내 이름은 모르더라도 작업물을 보고 나를 기억하는 사람들이 늘어갔다. 내 수상 소식과 활약상을 들은 국내 유수의 대기업 광고회사들도 내게 러브콜을 보내왔다. 뉴욕 매디슨 애비뉴 광고계를 종횡무진한다는 소식을 듣고는 나를 문전박대하던 그 대기업들이 갑자기 태도를 바꿔 리무진을 보냈다. 하지만 가지 않았다. 그토록 가고 싶어 했던 회사인데 막상 부르니깐 가기 싫었다.

여기까지만 보면 나는 유학의 목표를 이룬 셈이다. 취업도 했고 신입 사원 연봉으로는 과한 제안도 받았다. 1년 반 전만 해도 단돈 500달러에 배낭 하나만 짊어지고 뉴욕에 도착한 유색인종 청년의 성과치고는 꽤 쏠쏠한 것이었다.

돈지랄
광고판을
엎어라

광고대행사 JWT에서 일할 때다. 명품시계 롤렉스를 촬영하는
팀의 제작 방식을 보고 눈이 휘둥그레진 적이 있다. 이 팀은
촬영지인 쿠바 북동쪽 카리브 해에 있는 바하마까지 전용기를
타고 날아갔다. 바하마 현지에서는 택시 대신 헬리콥터로
이동했다. 하루 만에 충분히 끝낼 수 있는 작업도 일주일이나
질질 끌었다. 그 많은 제작 스태프가 최고급 호텔에 묵었으니
어마어마한 진행비가 쭉쭉 빨려 나갔다.

광고쟁이들이 비싼 광고를 좋아하는 것도 이런 이유다. 예산
많이 드는 광고를 만들어야 그만큼 콩고물이 떨어지기 때문이다.
그런 콩고물 덕분에 광고쟁이들의 삶도 화려하다. 엄청난 액수의
연봉을 받는 것은 물론이고 국장급쯤 되면 클라이언트 섭외나
작업 현장 감독을 위해 움직일 때 리무진이 제공되기도 한다.
심지어 전용 제트기가 동원될 때도 있다. 그 안에서 미녀들과
시시덕거리면서 스카치를 마신다. 여행 가고 싶은 장소가 있다면
광고 콘티 배경으로 그리라는 말이 있다. 그럼 갈 수 있다. 대형
광고회사 덕에 먹고 사는 거래처로부터 접대도 많이들 받는다.
30대 중반에 이만큼 호사를 누리는 직업은 뉴욕에서도 찾기

힘들다. 이게 다 돈이 있어야 가능한 거다. 광고계의 호구인 클라이언트 돈 말이다. 그 클라이언트의 호구인 소비자 돈 말이다. 광고판은 그야말로 쩐의 전쟁터다. 광고쟁이들은 매체 비용이다, 모델비다, 진행비다 해서 줄줄이 예산 규모를 필사적으로 키워야 할 의무를 가진다. 나는 이런 광고판이 성격상 맞지 않다. 속된 말로 돈지랄 하는 게 눈꼴사납다.

광고계가 이렇게 돈장난판이 된 것은 아이디어보다는 '물량 공세'가 더 효과적이라는 인식 때문이다. 그 인식은 '매체Media'에만 집착하는 현상을 낳게 된다. 천문학적인 돈으로 시청자의 눈과 귀에 광고를 쏟아부어 세뇌를 시켜야지만 광고효과가 나는 걸로 생각한다. 그걸 불쾌하게 여기거나 무시해버리는 시청자가 많다는 것은 생각지도 못한다.

광고가 돈지랄판이 된 것은 죽어라고 '스타'에 목을 매기 때문이기도 하다. 특히 광고주들은 스타, 그것도 최고 스타를 쓰지 않으면 불안해한다. 광고쟁이들도 마찬가지다. 광고비를 많이 받아먹을 명분이 서기 때문이다. 그 덕에 스타들의 몸값은 점점 더 올라간다.

광고에 누가 나왔는지가 그렇게 중요한 걸까? 여기서 봤던 스타가 저기서도 나오고, 소비자들이 스타만 기억하고 정작 무슨 상품인지는 기억하지 못하는 건 아닐까? 아마 티브이를 보면 상품을 광고하려는 건지 모델을 광고하려는 건지 분간이 안 설 때가 많을 것이다.

광고는 친구를 사귀는 것과 같다. 아무리 자주 봐도 정이 안 가는 애가 있는가 하면 한 번 봐도 또 보고 싶고 평생 잊혀지지 않는 친구가 있기 마련이다. 그건 아이디어의 차이다. 광고대행사 BBDO에서 일할 때 최고위급 국장인 둘시디오는 내게 이런 광고판을 '더러운 세계'라고 가르쳤다. 그는 롤렉스 촬영팀처럼 헬기나 찾는 그런 부류는 아니다. 브라질 출신의 50대 중역인 그는 허름한 옷에 백팩을 메고 다니며 세상에 유쾌한 메시지를 던지려고 호기심 어린 눈을 깜박거렸다. 그는 작품을 보여주면서 툭하면 손가락으로 자기 머리를 가리켰다.

"좋은 광고는 돈으로 만드는 게 아니야. 아이디어라고. 아이디어가 좋은 광고는 명쾌하고 단순하고 재미있잖아. 절대 돈지랄 하지 마." 둘시디오는 몇 편의 훌륭한 저예산 광고의 예를 보여줬다. 돈 없이도 충분히 좋은 광고를 만들 수 있다는 걸 증명하고 싶었던 모양이다. 그가 보여준 작품들은 마치 훌륭한 독립영화처럼 적은 돈으로 강력한 광고효과를 가져왔다. 제작비와 홍보비를 수백억씩 들여 극장가를 도배하는 영화도 저예산 독립영화보다 못한 때도 있지 않은가?

그가 보여준 칼슘 우유 광고도 대표적인 저예산 광고다. 이 작품을 만들 때는 맥도날드에서 종이컵 뚜껑에 끼워주는 구부러지는 빨대와 컵 하나만 사용했다. 둘시디오는 15초 동안 그 빨대를 접었다 폈다 하는 손만 보여준다. 아무 말도, 음악도 넣지 않았다. 마지막에 가서야 카피 한 줄이 뜬다. "칼슘 우유는 관절에 좋습니다." 관절과 굴절을 절묘하게 결합한 기가 막힌 아이디어 광고다.

인턴 기간에 만든 작품들:
킴벌리 클락에서 만든 크리넥스 화장지 광고 시리즈.

'Let it out 참지 말고 풀어내라'
슬로건을 표현하기 위해 만든
차량용 광고.

Let it out 참지 말고 풀어내라
패키지 디자인 버전.

변기가 막히지 않는 화장지
뚫어뻥과 작별하라는 뜻이다.

양털처럼 부드러운 고급 화장지.

길고 오래 쓰는 화장지.

발 없는 광고가
천 리 간다

안셀모 교수가 미국 HBO TV드라마 「소프라노스」
를 알리기 위해 제작한 홍보물

뉴욕 맨해튼 중심가를 걸어가던 흑인 할머니가 갑자기 비명을 지르며 기절했다. 뉴욕의 상징인 노란 택시 옐로우캡 때문이었다. 택시는 사람 팔을 트렁크에 매단 채 백주 대로를 질주하고 있었다. 시력이 안 좋은 그 할머니는 팔을 보고 트렁크에 시체가 있다고 생각한 것이다. 이 사건은 뉴욕 광고쟁이들 사이에 전설처럼 내려오는

이야기다. 내 스승 안셀모가 젊은 시절 만든 도발적인 광고였다. 안셀모는 영화 전문 케이블방송 HBO 의뢰로 이 광고를 만들어 뉴욕을 뒤집어놓았다. 이탈리아계 2류 마피아 두목을 주인공으로 한 이 드라마 「소프라노스Sopranos」는 잔혹한 폭력 장면으로 유명하다. 드라마의 홍보를 맡은 안셀모는 그 살벌함을 전하기 위해 택시에 가짜 팔을 붙여 하루 종일 뉴욕 거리를 돌아다니게

했다. 동원된 택시는 딱 여섯 대. 그래도 모든 뉴요커가 그 광고를
다 알게 되었다. 이 사건(광고)을 티브이나 신문에서까지 봤기
때문이다. 광고가 드라마 못지않은 뜨거운 반응을 얻은 것이다.
스승 이야기를 한 이유는 광고가 얼마나 다양한 매체를 사용할 수
있는지 말하기 위해서다.

다들 티브이나 잡지, 신문 같은 전통매체에만 광고를 해야
효과가 크다고 믿는다. 광고쟁이들은 그 틈을 노린다. 뭣도
모르는 클라이언트에게 비싼 매체, 즉 일하기 편한 매체를 권한다.
계획대로 노출되니 돈벌이를 계산하기도 쉽다.

하지만 생각을 조금만 바꾸면 큰돈을 안 들이고 대박 효과를
얻을 수 있는 비전통매체는 쌔고 쌨다. 나는 직접 비전통매체인
UCC로 엄청난 경험을 했다.

세계적인 광고대행사 FCB에 입사해 처음 맡은 광고는 '오레오'다.
하얀 크림을 가운데 넣은 까만 쿠키 말이다. 오레오를 만드는
크래프트Kraft 사가 내세운 슬로건은 "우유에 찍어 먹어야 더
맛있어요". 그것을 소비자 머릿속에 각인시키기 위해 나는 온갖
짱구를 다 굴렸다.

하루는 회사 로비에 서서 커피 마시는 사람들을 무심코 보고
있는데 그 사람들 뒤로 엘리베이터가 쉴 새 없이 오르내리는 게
보였다. 그게 꼭 엘리베이터가 어딘가에 빠졌다가 다시 올라오는
것처럼 보였다.

그 길로 사무실로 올라가 가로 세로가 내 키만 한 스티커 두 장을
만들었다. 한 장에는 우유컵을, 다른 하나에는 오레오 쿠키를

인쇄했다. 우유컵 스티커는 한 자리에 고정된 투명한 엘리베이터 통로에, 오레오 스티커는 오르락내리락하는 엘리베이터에 붙였다. 그렇게 해놓으니까 엘리베이터가 움직일 때마다 거기에 붙여놓은 오레오 쿠키가 우유컵 속에 잠겼다 나왔다. 누군가 오레오 쿠키를 우유에 찍어 먹는 것처럼 보였다.

그 장면을 찍어 유튜브에 올렸더니 동영상은 며칠 만에 세계 곳곳의 개인 홈페이지와 블로그로 퍼져 나갔다. 댓글도 수없이 달렸는데 대부분 "기발하다", "재미있다", "다른 거 또 올려라" 같은 반응이었다. 공모전에서 상을 받는 것과는 또 다른 짜릿함이 느껴졌다.

이 동영상 때문에 회사는 발칵 뒤집혔다. 세계적으로 인기를 얻어서가 아니다. 클라이언트인 크래프트 사와 한마디 상의 없이, 상사의 허락도 없이 말단 사원이 제 맘대로 클라이언트 관련 동영상을 올리는 것은 위험천만한 행위였다. 해고 사유를 넘어 내 평생 벌어도 못 갚을 손해배상금을 지불해야 될지도 모를 일이었다.

그것도 모르고 동영상을 올린 이튿날 집에서 쉬고 있는데 우리 팀의 사수 클라우디오가 전화를 걸어왔다.

"너 조심해야겠다! 각오하는 게 좋을 거야!"

동영상 제작을 도왔던 그의 목소리에는 걱정이 섞여 있었다. 다음날 회사에 나가자마자 성질 더러운 중간 보스가 나를 불렀다.

"오레오 때문에, 아니 너 땜에 죽겠다 인마. 우리까지 잘리게 생겼잖아. 너 어떻게 책임질 거야."

그러나 거짓말 같은 일이 벌어졌다. 회사도 클라이언트도 아무 말 하지 않았다. 네티즌의 반응이 너무 좋았던지 내 무모한 도발은 조용히 묻혔다.

오레오 동영상 사건은 세계 최고의 권위지 『뉴욕타임스』 경제면에 소개되었다. 제목은 '자이언트 오레오 쿠키.' 광고효과가 엄청났다는 게 기사 내용이었다. 광고 전문지 『커뮤니케이션 아츠』와 『아카이브』도 오레오로 표지를 장식했다. 오레오 효과는 마케팅 세미나에서까지 화제가 됐다.

오레오의 광고효과는 돈으로 환산하면 얼마나 될까? 못 돼도 수백만 달러는 될 거다. 그렇다면 제작 비용은? 스티커 두 장 값으로 몇십 달러 쓴 게 다다. 비용 대비 효과를 따질 때 대박도 이런 초대박은 찾기 힘들 거다. 일단 어디 한 군데라도 소개되면 텔레비전, 신문, 잡지, 인터넷 매체 등이 다시 받아 소개한다. 그러면 사람들은 사진을 찍어 인터넷에 올리고, 그걸 다른 네티즌이 퍼 나른다. 그야말로 무한대로 증폭돼 순식간에 전 세계를 뜨겁게 달군다.

내가 비전통매체에 주목하는 것은 이번 사건처럼 2차, 3차 파급력을 갖고 있기 때문이다. 일부러 돈 주고도 소개되기 어려운 게 언론 기사다. 아이디어만 쌈박하면 서로 앞다퉈 소개한다. 이걸 공짜 광고라 부른다.

효과도 효과지만 비전통매체로 작업을 하다 보면 하루하루 내가, 내 광고가 살아 꿈틀대는 걸 느낄 수 있다. 관객을 눈앞에서 만나는 연극배우의 심정이 이런 게 아닐까 싶다. 이 맛을 보고 나면 돈벌이고 뭐고 다 잊고 계속 아이디어를 짜내게 된다.

광고의 선진 기법을 배우러 뉴욕에 간 내가 비전통매체에
관심을 갖게 된 건 SVA의 내 사부인 안셀모와 둘시디오 영향이
컸다. 검은색 지갑 안에 "당신이 만약 양심이 있다면 이 지갑을
돌려주고, 정의를 추구하는 경찰학교에 지원하라"는 메시지를
담아 뉴욕 다운타운 곳곳에 아무렇게나 던져놓는 퍼포먼스를
하는 안셀모에게 내가 "왜 이런 게릴라 마케팅을 하는 거죠?" 하고
묻자, 안셀모가 이렇게 말했다.

"아무리 내가 광고를 잘 만들어도 공룡 같은 오길비(미국의
세계적인 종합광고대행사)를 이길 수는 없잖아. 그렇다고
가만있냐? 돈이 모든 걸 지배하는, 돈만 보고 달려가는 광고판을
바꾸려면 이런 레지스탕스 운동이 필요한 거라고."

부동산 시장에만 거품이 존재하는 게 아니다. 광고 시장도
거품투성이다. 광고 몇 번 트는 데 얼마가 드는지 알면 아마 다들
까무러칠 것이다. 게다가 기껏 돈 보따리 갖다 주고 틀었는데
아무도 광고를 기억하지 못하는 경우도 허다하다. 대기업들이
서로 광고를 많이 틀려고 물량 공세로 박 터지게 싸우는 동안
매체비는 하늘 높은 줄 모르고 치솟아버리고, 저예산 광고주들은
아예 광고를 틀 엄두조차 내지 못한다. 돈 많은 놈들만 광고
하라는 법 있나? 돈 없는 기업은 광고도 하지 말란 말인가?
결과적으로 돈 있는 사람만 돈을 벌 수 있는 걸까?

그렇지 않다. 광고를 꼭 비싼 TV나 신문에만 실으라는 법 있나?
매체는 널려 있다. 벤치, 가로수, 길거리, 흐르는 물, 택시, 과일,

밥…… . 아이디어만 있으면 세상 모든 것이 광고를 담아낼 매체가
될 수 있다. TV광고만 한 편 틀면 사람들이 알아주던 시대는
끝났다. 수도 없이 늘어난 통신기기들과 수도 없이 늘어난 방송국.
그 수많은 매체들을 쫓아다녀서는 안 되고 그 매체들을 끌고 가야
한다.

TV용 광고, 인터넷용 광고, 라디오용 광고, '무슨 매체용' 광고는
이제 틀린 말이 되었다. 광고가 화제가 되어 TV에 나오면 TV
광고이고, 신문에 나면 신문 광고가 되고, 모바일에서 보면 모바일
광고가 아닌가? 광고 한 편만 제대로 히트 치면 TV 광고도
만들고 라디오 광고도 만들고 인터넷 광고도 만드는 셈이다.
그것도 공짜로.

난 매체에 목매지 않을 것이다. 매체는 빈 그릇일 뿐이다. 광고는
콘텐츠가 중요하다. 머리만 잘 쓰면 전체 예산의 80퍼센트
이상이나 되는 매체비도 절반 이하로 줄일 수 있고, 생각지도 못한
대박을 기대할 수 있다.

광고계에선 비전통매체를 버린 자식처럼 여긴다. 아무리 효과가
좋아도 돈벌이가 안 되기 때문이다. 만약 나 같은 광고쟁이들만
있으면 광고회사는 쫄딱 망할지도 모른다. 광고로 먹고사는
스타도, 방송사도, 신문사도 마찬가지다. 그러니 비전통매체를
외면하는 거다. 나는 이런 판을 바꾸고 싶다. 돈 있는 사람만
살아남는 광고판을. 그게 어디 광고판뿐이겠는가.

뼈를 묻어도
좋은 직장이라고?

인턴 시절 하루는 중역과 클라이언트가 모여 회의 자리에 참가하게 됐다. 그런데 너무도 똑똑하고, 바쁘고 영향력 있는 그 인간들이 너무도 멍청한 이야기를 지루하게 주고받았다. 급한 전화가 온 것처럼 연기를 하고는 회의장을 빠져나와 그 길로 도망쳤다. 인턴 주제에 해서는 안 될 몹쓸 일이었다. 나중에 들켜서 나는 팀장에게 신나게 깨졌다.

뉴욕에서 큰 회사들을 돌아다니면서 느낀 점이 있다면, 대형 광고회사는 구조적으로 작품성 있는 명품 광고를 만들 수가 없는 환경이라는 것이다. 명품 광고에는 창의성, 실험성, 예술성이 있어야 하는데 풀빵 공장 같은 대기업에선 그런 무모한 짓은 할 수 없다. 대기업은 당장 손에 만져지는 이득이 없으면 절대 하지 않는다. 바보 같은 짓은 절대로 하지 않는 게 대기업이다. 대기업이 그 큰 덩치를 유지하려면 일차적으로 '돈 되는 일'부터 해야 하는데 이 과정에서 모험이나 혁신보다는 안정적이고 안전한 길을 택할 수밖에 없다. 돈줄을 쥐고 있는 광고주의 말을 주님의 말씀처럼 잘 듣고 섬겨야 한다. 비전문가인 광고주 말을 다 들어주고 어떻게 광고를 제대로 잘 만들 수 있나?

피라미드식 내부 결재 과정을 거쳐 이놈 저놈 똑똑하고 잘난 놈들이 죄다 한마디씩 하고 나면 참신한 아이디어도 너덜너덜 걸레가 되어 있다. 낮은 직급에 있는 직원들의 아이디어가 윗선으로 올라가기도 전에 사장되는 경우가 허다하다. 윗놈은 아랫놈 아이디어 뺏어다가 숟갈만 얹으려고 하고, 회의장에는 입만 들고 오는 무임승차 승객들이 너무 많다. 그런 판에서는 실력보다는 정치력이 우선이다. 회의가 아니라 눈치 게임이다. 한국이나 미국이나 마찬가지다. 권위, 정치, 처세에 의한 의사 결정 분위기에서는 소수의 다른 생각은 묵살된다.

아이디어 싸움은 절대 규모의 싸움이 아니다. 대가리 숫자가 많다고 반드시 좋은 아이디어가 나오는 것이 아니라는 뜻이다. 어차피 아이디어가 100개가 나오든 200개가 나오든 최종 발표용 아이디어 고르는 놈은 한 놈이고, 아무리 좋은 아이디어들이 있어도 고르는 놈이 바보라면 바보 같은 아이디어만 채택되게 되어 있다. 그런 분위기가 획일화되고 나면 구성원이 백 명이든 천 명이든 가져오는 아이디어들은 어느새 똑같아져버리고 만다. 윗사람한테 쉽게 컨펌 받기 위해서다.

물론 그 바닥에 악착같이 적응한다면 나는 아무리 운이 안 따라도 10년 안에 전용기나 헬기를 타고 다닐 자신이 있었다. 그런데 내 안에서 다른 목소리가 들렸다.

"너 행복하니? 네가 원하는 가치 있는 광고를 만들고 있니?"

이게 문제였다.

나를 근본부터 흔들어대는 그 목소리가……

뿌린대로
거두리라

학교와 회사는 달랐다. 직장 생활이라는 게 시키는 일만 죽어라 열심히 해서 이윤을 창출하면 인정받는 곳이 아닌가? 치열한 하루하루를 보내는 동안 점점 개인적으로 하고 싶은 일들이 생기기 시작했다. 회사 일만으로는 내 경력과 쾌락을 만족시킬 수 없었다. 나만 그런 것도 아니었다. 다른 야망 있는 선배들에게서 회사 일은 9시부터 5시까지, 정규 근무 시간에 하는 일은 shitty work(똥 같은 작업)을 하고 진짜 작업은 5시 이후부터라는 이야기를 들었다. 회사 끝나고 또 광고 작업을 하는 것은 피곤한 일이다. 진짜 광고를 좋아하지 않는 이상 그렇게 하기가 힘들다. 나는 9시부터 5시까지 돈 되는 일을 딱 하고, 저녁에는 과외 활동으로 바빴다. 특히 저녁이 제일 바빴다. 특히 나는 사회 이슈와 관련된 공익광고 캠페인에 관심이 많아서 여러 NGO나 시민 단체들에 내 아이디어를 제안했다. 광고로 세상을 한번 바꿔보자는 취지였다.

그때 뉴욕은 도시 전체가 살벌했다. 9·11 테러가 벌어진 지 몇 년이 지났는데도 지하철역마다 총 든 군인이 중무장한 채 서 있었다. 좀 수상하다 싶은 사람, 커다란 가방을 들고 다니는 사람,

나같이 행색이 추레한 사람은 붙잡아 불심검문을 했다.
나는 등에 늘 큼직한 백팩을 메고 다녔기에 툭하면 붙잡혔다.
속으로 '네 눈에는 이게 폭탄으로 보이니? 엉' 하고 백팩을 열어
잡동사니를 들어 보이곤 했다.
어느 날, 불심검문을 받으면서 문득 맞은 놈은 발 뻗고 자도
때린 놈은 발 뻗고 못 잔다는 우리 속담이 떠올랐다. '너희들이
이라크 때렸으니 발 뻗고 잠을 못 자는 거다, 이놈들아!' 나는
비상식적으로 사람을 화나게 하는 이런 상황을 광고로 고발하고
싶었다. 앞에서 얘기했던 것처럼 불만은 내 창작욕을 돋운다.
나뿐만 아니라 수많은 사람들을 괴롭히는 날카로운 문제는 특히
그랬다.
미국과 이슬람권의 갈등은 제삼자인 내 눈에는 보복의
악순환처럼 보였다. 그걸 논리적으로 단순화했더니 '인과관계',
'윤회'란 말로 요약됐다. 윤회의 이미지는 말뜻 그대로
동그라미다. 동그라미를 따라 돌면 결국 제자리로 온다. 그것은
내가 한 행위가 결국 내게로 되돌아오는 것과 맥이 닿았다.
여기까지 생각이 닿자 일사천리로 이미지가 떠올랐다. 적을
겨냥하는 총과 탱크, 수류탄, 폭격기가 자신을 쏘게 된다는 역설의
비주얼을 보여주면 될 것 같았다. 가해자가 피해자가 되고 원인이
결과로 이어지는 인과관계를 드러내는 것이다.
총이 삥 돌아가는 아이디어를 스케치로 그려서 안셀모에게
보여줬더니 이게 진짜 퍼킹 그레이트 아이디어라고 이야기했다.
카피는 윌리엄 트랜과 프랜시스코 휴이가 도왔다. 그들은 "폭력이

또 다른 폭력을 낳는다" 등 카피를 60개나 뽑아 왔지만 2퍼센트가
부족했다. 나는 잡다한 수식어 없이 팩트를 그대로 드러내는
걸 좋아한다. 하지만 이번에는 팩트를 드러내는 작업이 아니라
주제를 함축해서 전해야 한다는 어려움이 있었다.

"우리가 한 짓은 우리에게 되돌아온다는 말 없을까?"
며칠 뒤 프랜시스코가 영어 속담을 갖고 왔다.

"뿌린 대로 거두리라What goes around comes around."
듣는 순간 딱 이거다 싶었다.

이 작품은 2008년 SVA 졸업 후 교류하게 된 '세계평화연합Global
Coalition for Peace'을 위해 사용하기로 했다.

시키는 일만 하면 되는 회사일과는 달리 내가 직접 후원자를
찾고 광고주와 스태프를 모으고, 전략 기획과 제작까지 모든 걸
처음부터 끝까지 종횡무진으로 다 지휘해야 했다.

뉴욕의 전봇대란 전봇대는 다 찾아다니며 크기를 쟀고 원하는
이미지를 찾고 구해서 제작하는 데만 수개월이 걸렸다. 당시
나는 찢어지게 가난해서 광고물이라는 것을 물리적으로 제작할
엄두도 내지 못하고 끙끙거렸는데, 운 좋게도 같은 학교에 집이
엄청나게 잘사는 분이 있어 작품 제작에 필요한 모든 재정적인
후원을 받았다. 오바마 대통령의 취임 시즌에 맞춰 우선 뉴욕의
주요 거리에 있는 전봇대에 붙였다. 길 가던 시민들이 뭐 하는
짓거리냐는 표정으로 다가왔다가는 이내 "도와줘도 되겠냐?"며
공감을 표시하기도 했다. 회사 밖에서 진행하는 프로젝트를
독립적으로 성사시킨 첫 경험이었다. 광고물들은 성공적으로

"뿌린대로 거두리라What goes around comes around"
'세계평화연합The Global Coalition for Peace'의 반전 포스터.

WHAT GOES AROUND

WHAT GOES ARO

가로로 긴 포스터를 전봇대나 원기둥에 감으면
총구가 스스로의 머리를 향하게 된다.

설치되었고 우리는 이 캠페인을 온라인을 통해 세계적으로 널리 알리기 위해 공모전에도 출품하기로 했다. 공모전 출품비도 학교 형에게서 전액 후원받았기에 그분 소유의 디자인 회사 이름으로 출품하기로도 합의했다. 공모전 출품시에 출품회사 명의가 반드시 필요하기 때문이다. 그분이 직접 제작에 참여하지는 않았지만 투자에 대한 감사의 표시로 '크리에이티브 디렉터'라는 직함으로 제작자 명단에 이름도 같이 올렸다. 기왕에 출품하는 거 늘 멀리서 우리를 아버지처럼 보살피고 격려해주신 SVA 리처드 와일드 학장님의 성함도 '이그제큐티브 크리에이티브 디렉터'로 공동제작자 명단에 올려드렸다. 가급적 프로젝트에 조금이라도 관련이 있는 자들은 모두 감사의 의미로 제작자 명단에 이름을 올렸다. 기쁨은 나누면 배가 되니깐.

공모전에서도 놀라운 결과가 나왔다. 원쇼를 비롯해서 세계 유수의 공모전을 동시다발적으로 싹쓸이한 것이다!

학생 때 경험했던 공모전 싹쓸이와는 또 다른 기쁨이었다.

국내외 언론에서 집중 보도를 했고 광고는 날개 달린 것처럼 2차, 3차 홍보 효과를 냈다. 광고주 측 홈페이지 서버가 다운될 정도로 전 세계의 관심을 한 몸에 받았다. 아마도 광고주와 후원자 모두 쏠쏠한 홍보 효과를 봤을 거다.

하지만 좋은 일을 할 때도 조심할 게 있다는 걸 알게 됐다. 쓸데없는 정치성 시비에 휘말리지 않아야 한다는 것이다.

이 작품을 만들 때도 몇몇 단체에 제안서를 보냈는데 반응이 호의적이지 않았다. 자칫하다가는 "무슨 정치적인 배후 세력이

있냐?" 하는 시비를 불러 일으켜 해당 단체가 세무조사를 받을
수도 있기 때문이었다. 아마 다니던 직장에서도 내가 정치적인
이권 단체로부터 협박받을 만한 일을 하고 돌아다니는 걸
알았다면 당장에 쫓겨났을 것이다.

이번 프로젝트를 좋게 보는 이도 있었지만 상당히 부정적으로
보는 이들도 있었다. 당시 이라크 전쟁과 미군 주둔 문제는
국제적인 이슈였기에 온라인에서 이 광고를 둘러싸고 상당한
갑론을박이 펼쳐졌다. 중동 지역과 미국 간에도 긴장감이
고조되고 있던 터라 전 세계가 이 광고에 주목했다.

격노한 정체 모를 이들로부터 협박? 항의? 비슷한 이메일도
받아보았고 세계 각국의 정치 사회 관련 기자들로 부터도
무수한 인터뷰 요청을 받게 되었다. 이 작품 덕분에 '뿌린 대로
거두리라'는 내가 어떻게 살아야 할지, 어떤 작품을 해야 할지
되새기게 하는 좋은 명구가 되었다.

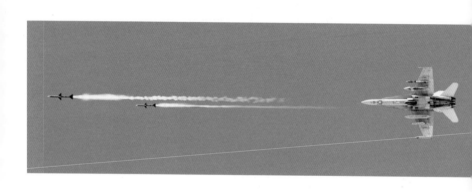

"뿌린대로 거두리라" 반전 포스터 시리즈물.

EAT or
DON' T EAT

"밥을 먹겠습니까? 대신 불을 켜겠습니까?"

나는 명색이 세계 최고 도시라는 뉴욕의 시민들에게 대놓고
이렇게 물었다. 『뉴욕타임스』의 전면 광고를 통해 뉴욕 주민의
34퍼센트가 전기료를 내야 할지 밥값을 내야 할지 고민한다는
불편한 진실을 고발한 것이다. 『뉴욕타임스』는 수억 원짜리
지면에 내가 제작한 식량 기부 자선단체 '시티 하비스트City
Harvest'의 공익광고를 공짜로 실어주었다.

이 광고를 만들 때 나는 FCB의 신입 사원이었다. 입사 지원서
대신 제출한 내 작품으로 사무실 벽 한 면을 도배한 베커
사장이 시티 하비스트 광고를 덜컥 맡긴 것이다. 리처드 기어가
홍보 대사로 일하는 시티 하비스트가 비록 돈이 안 되는 찬밥
클라이언트이긴 했으나 신출내기에게 던져줄 아이템은 아니었다.
이 단체는 회원으로 가입한 레스토랑에서 팔다 남은 음식물을
기부받아 가난한 사람에게 나눠준다. 음식물 쓰레기도, 배고픈
사람도 줄이는, 일종의 비영리 음식 은행이다. 하루는 시티
하비스트 광고를 짜고 있는데 일본계 인사 담당자인 테미
사라쿠가 내 책상에 서류 꾸러미를 툭 던졌다.

"회사 사보부터 제작하세요. 그건 공짜로 해주는 거니까
그렇게까지 정성 들일 필요 없어요. 차라리 아메리칸
스탠더드(생활용품 제조업체)나 트레인(냉난방용품 제조업체)에
더 집중하세요."

돈 못 벌어주는 클라이언트를 이렇게 무시했지만 내 생각은
달랐다. 공익광고도 상업광고 못지않게 회사 차원에서 크고
비중 있게 다뤄야 한다고 생각했다. 물론 내 개인적으로 하고
싶은 욕심이 제일 컸지만. 뉴욕에서 전기료를 못 내는 주민이
34퍼센트나 된다는 걸 알려주는 것은 누군가는 반드시 해야 할
일이었다. 전등 스위치 광고도 그런 생각으로 만든 것이다.

On/Off 라는 글씨 대신 Eat? Don't Eat?(먹을까? 말까?)라고 적힌
형광등 전원 스위치 하나만 달랑 그려진 신문 광고 전면 시안을
가져갔더니 주변에서는 그 비싼 지면을 텅텅 비워놓는다고 난리가
났다. 다음부터는 스위치 정도 크기의 지면만 내주면 어떻게 할
거냐는 걱정도 했다.

"괜찮다니까 그러네! 대중이 보는 건 하나야. 그것만
기억한다니까. 그 하나를 얼마나 효과적으로 전달하느냐가
중요한 거야."

지면을 왜 여백으로 남겨야 하는지, 왜 스위치 크기를 키우면 안
되는지 팀장, 보스, 시티 하비스트 관계자를 만나 일일이 설득하고
다녔다. 힘든 과정이었다.

2008년 11월 19일 이 광고가 뉴욕타임스 신문 전면으로 크게
나가자 '미친놈이 나타났다'는 반응이 나왔다. 내용과 형식이

DON'T
EAT.

EAT.

34% of New Yorkers have to choose between food and utilities.
And yet every day 270,000 lbs. of food in NYC goes to waste.

CITY
HARVEST
cityharvest.org

파격적이라는 평가였다.

"생활고의 심각함을 마치 흑과 백처럼 심플하게, 한편으로 극적으로 표현했다." "자선을 주제로 광고하면서 감정에 호소하지 않고, 칼럼을 쓰는 것처럼 이성적으로 접근했다."

난 이 광고를 통해 시티 하비스트, 나아가 자선에 대한 사람들의 선입관을 바꿔놓고 싶었다. 다른 구호단체 광고들처럼 눈이 퀭한 아프리카 아이들 사진을 등장시켜 동정심을 유발할 생각은 없었다. 할 말을 직설적으로 하자, 눈을 뚫고 뇌까지 찌르는 광고를 하자. 그게 사람들 마음을 움직인다고, 나는 생각했다.

시티 하비스트 캠페인은 성황리에 뉴욕의 레스토랑들로 옮겨갔다. 다음 작품은 쟁반 깔개를 이용한 광고물. 종이 한 장에 아이의 두 손만 프린트한 게 고작이다.

이 쟁반 깔개는 음식을 올려놓을 때마다 누군가의 손에 음식을 쥐여주는 듯한 착각을 의도했다. 내가 음식을 먹을 때 배곯는 사람도 있다는 것을 상기시키려는 전략이었다.

내 제안대로 회사 근처 레스토랑에 배포했더니 곧 반응이 왔다. 뉴욕의 다른 레스토랑에서도 쓰겠다고 했다.

나는 시티 하비스트 광고를 제작하면서 공익광고에 더 다가가게 됐다. 남들이 외면하는 것, 하지만 누군가는 해야 하는 것을 하고 싶었다. 광고쟁이로서 공익에 기여할 기회이기 때문이다.

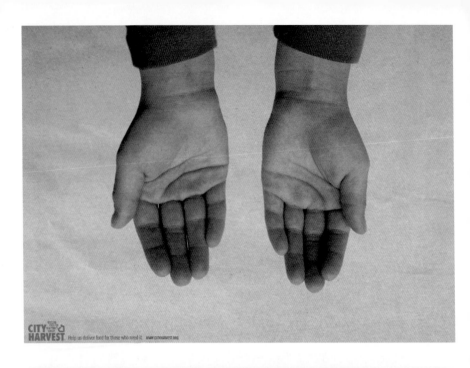

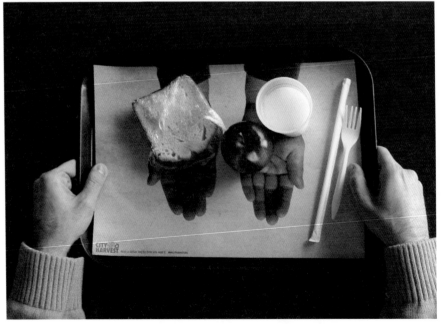

"종이 한 장의 힘" 쟁반 깔개에 그려진 모금 광고.

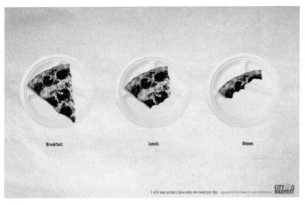

하루 한 끼밖에 못 먹는 저소득층을 그린 캠페인 시리즈.
빵 한 조각으로 하루를 때우는 내용은 유학 초기의 경험을 바탕으로 한 것이다.

회사 정규 시간에는 돈 되는 의무적인 일만 하다가 어느새 욕구 불만의 상태에 이르렀다. 좀 기발하고 공익적인 작품을 많이 하고 싶은 욕구 분출을 위해 회사에서 시키지도 않는 프로젝트들을 벌였다. 이런 짓들이 회사 내에 내 존재와 크리에이티브 능력을 알리기에는 충분했으나 실제 광고주를 통해 집행되는 경우는 거의 없었다.

아이디어는 머릿속에서 봇물처럼 터져 나오는데 해소할 데는 없고 회사에서는 내가 제일 쫄따구라서 하기 싫은 일만 골라 시키는 바람에 능률도 오르지 않았다.

회사 근무시간 외에 뭘 하자니 힘도 달리고 시간도 달리고 돈도 달렸다. 그때 내 심정은 마치 교미하지 못한 발정 난 수캐 같은 마음이었다.

아이디어들의 무덤. 제작되지 못한 아이디어들을 처박아두었던 회사 서류함.

자녀에게 담배를 가르치는 건 아주 쉽다. 아이들 앞에서 그냥 담배를 피우기만 하면 된다. 간접흡연의 심각성을 알리는 작품. 회사 지하의 쇼핑몰에서 제작될 뻔했으나 비용 문제로 제작되지 못했다.

아프리카 개발도상국의 수질오염 심각성을 알리기 위해 화장실 변기통에 정수기 컵을 꽂아놓았다.

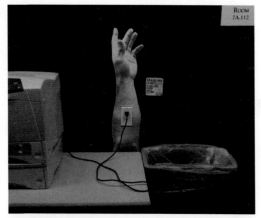

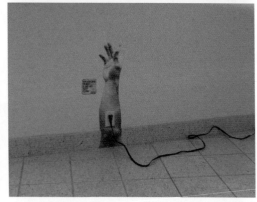

사내 헌혈의 날을 맞아 만든 헌혈 장려 광고. 콘센트에 팔뚝 사진을 붙여 '당신의 헌혈이 누군가에게는 큰 에너지가 될 수 있다'는 메시지를 전달하고 싶었다. 출력 후 회사 전 층에 부착했다.

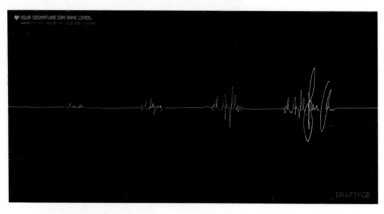

"당신의 사인이 누군가의 맥박을 뛰게 한다"
사내 헌혈의 날을 맞아 만든 헌혈 장려 광고. 헌혈에 동참한 사람들의 사인을 받아 병원에서 쓰는 맥박 측정기 그래프로 표현했다. 사내 서버로 전 사원에게 전송했다.

내가
공익광고를
만드는 이유

일본에서 최고로 잘나가는 광고인이 "광고는 거짓말이다"라는
유서를 남기고 고층 빌딩에서 뛰어내린 적이 있다. 유서에는 "나는
행복하지도 않은데 행복한 세상을 어떻게 그리란 말인가?"라는
내용이 들어 있었다. 소비자를 속이는 거짓말을 일삼아야 하는
광고인의 막막함과 허탈함을 드러낸 것이다.

사실 나이키 신발을 사 신는 것도, 광고를 하는 것도 결국 다 잘
살자고 하는 짓이다. 그렇다면 모두가 행복하게 잘 살 수 있게
하는 광고란 무엇일까? 어떤 광고가 사람들을 기쁘고 행복하게
할 수 있을까?

물론 이쁜 신발, 좀 더 넓은 아파트, 신상품 드레스 사 입게 하는
것도 행복한 광고가 될 수 있다. 하지만 그보다 집 없는 사람이
집을 얻고 얼어 죽을 것 같은 사람에게 옷을 입혀주는 게 훨씬 더
행복한 광고가 아닐까. 잘나가는 사람 더 잘나가게 하는 것보다
죽어가는 사람 살리고, 힘들어하는 사람을 기사회생하게 하는
광고가 더 의미 있지 않은가?

TV를 켜면 온갖 구라가 넘치는 광고들이 가득하다.
광고쟁이들은 타고난 재치와 아이디어로 어떻게 하면 구라를

잘 칠까만 고민하고 있다. 광고는 사람들을 끝없이 자극해 헛된 욕망을 갖게 한다. 소비를 부추긴다. 있는 것도 또 사게 하고 쓰던 걸 버리고 새것을 사게 만든다. 계속.

비록 클라이언트와 매체와 예산에 끌려다니는 게 그들의 숙명이지만 마음 밑바닥에는 착한 광고를 하고 싶은 열망이 끓고 있다. FCB에서 일할 때 내 사수였던 클라우디오도 술에 취하면 가끔 이렇게 물었다.

"착한 상업광고를 하면서 살 수는 없을까?"

잘나가는 크리에이티브 디렉터였지만 그는 "내가 광고를 계속할지 모르겠다. 광고를 하면서 행복하지 않아. 그러면서 "사기를 치더라도 좋은 사기를 치고 싶다고. 그게 가능할까? 지금 같은 풍토에서?"라고 되물었다.

그는 광고판에 소비자를 배려하는 문화가 없는 것에 실망했다. '일단 팔고 보자'주의로 흐르기 때문에 어떻게든 소비자를 들쑤셔놓는 광고에 염증을 느꼈던 것이다.

끊임없이 소비를 조장하고 소비하지 못하는 사람에게는 상실감을 갖게 하고, 소비자가 두 손 들 때까지 앞뒤 안 가리고 무조건 쏟아붓는 풍토가 못마땅했던 모양이다. 클라이언트도 광고쟁이도 그렇게 해야 살아남는다고 생각하기 때문에 거기서 헤어날 수 없다는 게 그의 현실 진단이었다.

과연 그럴까? 소비자를 생각하는 착한 광고, 정직한 광고는 기업을 힘들게 할까? 나는 그렇게 생각하지 않는다. 과장 광고와 허위 정보를 주면 브랜드의 수명이 오히려 단축된다. 머리 나쁜 광고쟁이들과 클라이언트가 그 사실을 무시할 뿐이다.

이런 생각을 하다 보니 언제부턴가 상업광고가 시들해졌다.

광고판 돌아가는 것도 영 마뜩잖았다. 뺑이나 쳐서 돈이나 당기려 하고 아이디어도 없이 물량 공세나 퍼붓는 풍토가 내 성격상 맞지 않았다. 무엇을 위해, 누구를 위해 광고를 만드는지, 광고가 세상 사람들에게 어떤 영향을 미치는지 진지하게 생각하는 것 같지 않았다. 그런 줄도 모르고 직원을 총알 탄피 갈아 끼우듯 하는 광고회사에 발을 들여놓으려고 후배들은 박 터지게 경쟁하고. 무엇보다 내가 뺑쟁이가 되어가는 게 힘들었다. 빚도 못 갚을 사람들한테 대출받고 신용카드를 사라고 강요하라고? 껍데기만 살짝 바꿔놓고는 신제품이라고? 얼굴과 몸매만 가꾸면 구원받을 수 있다고 여자들 콧구멍에 바람이나 넣으라고? 어린애들에게 불량 식품이나 먹이려고?

차라리 전쟁으로, 환경오염으로, 기아로 당장 사람이 죽게 된 상황을 이야기하는 것이 구두를 사 신어라, 껌을 씹어라, 과자를 처먹으라는 이야기보다 훨씬 더 배짱에 맞았다. 돌이켜 보니 즐겁게 작업한 것도, 좋은 성과를 가져다준 것도 모두 공익광고였다.

회사 사장이든 광고주든 어느 한 사람을 위한 광고가 아니라 더 많은 사람을 위한, 모두가 혜택을 볼 수 있는 그런 광고를 만들고 싶었다.

JFK—›ICN

나는 빠르게 고갈되고 있었다. 그토록 꿈꾸던 뉴욕 한복판의
초대형 광고회사들까지 다 다녀봤지만 뭔가가 부족했다. 그게
대체 뭘까? 그러던 어느 날 머리가 쿵! 울렸다.

'독립하자!' 내가 꿈꾸던 회사는 아무리 찾아도 없고 남의 회사를
바꿔놓으려면 수십 년이 걸릴 것만 같았다. 작고 보잘것없더라도
내 손으로 직접 회사를 차려야겠다고 생각했다. 맨해튼에서
비용이 좀 저렴한 윗동네로 갈까? 아랫동네 차이나타운 쪽에
조그만 스튜디오를 하나 구할까? 아예 대륙 횡단을 해서 서부로
갈까나? 창업을 준비하기로 마음먹자 내 심장은 다시 뛰기
시작했고 머리도 빨리 굴러갔다.

좀 황당하게도 나는 회사 창업의 첫 장소로 날 버린 '한국 땅'을
택했다. 크리에이티브의 불모지라 불리는 한국으로 돌아가
창업을 한다는 것은 당시 내 주위 누가 들어도 다 시시하게 여기며
콧방귀를 뀔 소리였지만, 내 눈엔 한국이 가장 훌륭한 장소였다.
한국에서 통하면 세계에서 통한다는 말이 있을 정도로 국제적인
기업들도 한국에서 앞다투어 문화 콘텐츠들을 테스트하지
않는가?

내가 아는 한국 사람들은 아이디어를 볼 줄 아는 눈도 있고, 즐길 줄 아는 감도 있었다. 실상 광고업계가 그 수요를 만족시키지 못하고 있을 뿐이었지. 한국 광고는 '수준'이 아니라 '판'의 문제였던 것이다. 내가 그 거지 같은 판을 엎어버리고 새로 짜고 싶었다.

반짝이는 아이디어는 어두운 곳에서 더욱 빛을 발하기 마련이다. 그래, 크리에이티브의 불모지에서 크리에이티브를 꽃피우는 거다. 한국에서 인정받는 것으로는 부족하다. 광고로 한류 열풍을 일으키자. 아시아 문화의 중심에 있는 한국에서 좋은 성공 사례를 만들어 기반만 잘 다진다면 아시아 시장 전체로 진출하는 것도 전혀 문제 되지 않는다. 중국어와 일본어까지 단숨에 마스터할 자신감마저 들었다. 가망 없다고 떠난 한국이 어느새 기회의 땅으로 보이기 시작했다.

한국을 택한 이유는 사실 그것만은 아니다. 니들이 버린 놈이 이렇게 잘됐소! 하는 복수심이었을까? 아니면 끝까지 원정 무대가 아닌 홈그라운드에서 인정받고 싶은 회귀본능이었을까? 내 고향 내 조국에서 그간 갈고 닦은 내 재능을 가장 먼저 펼치고 싶은 마음이 본능적으로 들었다.

한국에서 창업하겠다는 뜻을 밝히자 예상대로 뉴욕의 지인들이 나를 뜯어말리기 시작했다. 스승들도 나를 걱정스럽고 한심한 눈으로 봤다. "세상의 중심인 뉴욕을 버리고 어디를 가겠단 말이냐?" "너 아직도 정신 못 차렸냐? 얼마나 더 고생할래?" "공익? 너는 광고쟁이지 혁명가가 아니잖아." "세상이 그렇게 쉽게 바뀌는 줄 아니?"

다들 지금처럼 뉴욕에서 잘 먹고 잘 살면 되는 거 아니냐는
눈치였다. 한국으로 돌아가서 구멍가게나 차릴 거라면 유학은 뭐
하러 갔냐, 상 받은 게 아깝지도 않냐고 타박했다.

나는 속으로 생각했다.

"돈만 많이 처벌면 성공한 삶이가? 헬기 타고 댕기면서 똥폼
잡으면서 광고 찍으면 다 출세한 기가? 나는 광고로 세상을
바꿀 끼다! 돈이 좀 벌리면 다행이지만 돈 자체에 목숨 걸고 싶진
않다. 느그처럼 야금야금 재능이나 축내고 월급에 목매면서 살고
싶지는 않다! 그라만 도대체 내 삶에서 남는 게 뭐꼬? 두고 봐라!
세상에서 단 하나뿐인 그런 꿈의 광고회사를 만들어 보일 끼다!"

이렇게 생각이 정리되자 앞이 빤히 보이는 길에서 답을 이미 아는
문제나 푸는 나 자신이 점점 싫어졌다. 이왕 마음이 돌아섰으니
망설일 일이 없었다. 나는 미국에서 하던 일과 누리던 지위를 모두
접고 한국행 비행기에 올랐다.

미친개처럼 뛰어다니던 뉴욕 광고판의 심장, 매디슨 애비뉴의
빌딩 숲을 향해 마지막 작별 인사를 했다. 단돈 500달러만 들고
한국을 떠나던 2년 전보다 가슴은 더 떨리고 설렜다.

광고천재 이제석 1부 끝

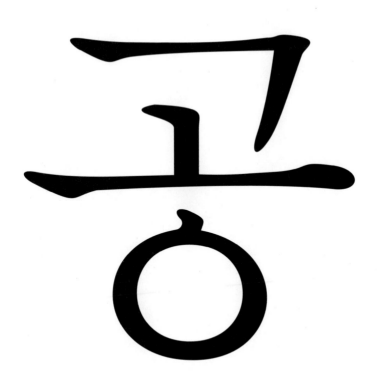

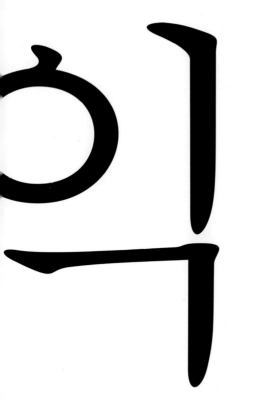

공익 公益

2부 홍익인간 하리라

이름을
건다는 것

광고회사 이름들을 찾아보면 온갖 거창하고 근사한 이름들이
많다. 무슨 무슨 커뮤니케이션즈, 무슨 무슨 알아들을 수 없는
외래어나 영문 알파벳 이름이다.

나는 기존 광고회사들과 완전한 차별화를 위해 회사 이름을
솔직담백하게 지었다.

'이제석 광고연구소.' 이제석이란 놈이 광고에 대해 연구하는
곳이겠구나 하는 건 누구나 알 것이고, 조직의 제1 목적이 수익
창출이 아닌 '연구'라는 점을 부각하고 싶었다. 통상적으로
광고회사를 지칭하는 '대행사Agency'라는 표현은 듣기 싫었다.
무슨 브로커처럼 하는 일 없이 소개비나 커미션을 뜯어 먹고 사는
좀벌레 같은 느낌이었다. 나는 좀 더 본질적인 것을 창조하는 일을
하고 싶었다.

회사 로고도 특별한 장식 없이 그냥 명조체로 크고 잘 보이게
정직하게 썼다. 보통은 대기업 이름 뒤에 기획사라는 이름을
붙인 광고회사가 지배적이던 한국 광고판에 이제 사람 이름이
등장하고, 그 이름을 보고 일을 맡기는 새로운 시대가 시작된
것이다. 서양의 거성급 광고회사 오길비나 레오버넷 같은 회사도

모두 창립자의 이름을 따서 만든 것을 보면 전혀 새로운 개념도
아니다.

회사 간판만 보고 일을 맡기면 그 회사 내에서 누가 일을 맡는지
알 바 없다. 사람의 이름을 건다는 건 그 사람이 일에 대한 책임을
지겠다는 것이다. 자존심과 영혼을 걸고. 그래서 우리는 작품
귀퉁이에 늘 우리 회사 이름과 날짜를 조그맣게 적어 넣는 전통을
만들었다. 이것이 우리 연구소가 광고계에 최초로 도입한 '광고
실명제'다. 아무리 크고 잘난 광고회사도 감히 이런 짓은 쉽게 못
할 것이다. 돈 벌려고 광고주 입맛대로 만들어낸 졸작들에는 그들
스스로도 자신 있게 이름을 걸 수 없기 때문이다.

처음엔 남의 광고에 우리 이름을 넣는 것에 대해 거부감을 들
줄 알았는데, 오히려 먼저 우리 이름을 넣어달라고 부탁하는
회사들도 많았다.

방망이
깎는
청년

'반짝이는 아이디어로 세상을 밝힙니다.'
우리 회사의 슬로건처럼 이제석 광고연구소를 만든 이유는
단순하다. '창의성'과 '공익성' 딱 이 두 가지다.
좋은 직장 박차고 나온 이유도 세상에 하나뿐인 크리에이티브한
조직을 만들어 세상에 뭔가 기여하기 위해서였다.
그 뜻을 실현하기 위해 창립자인 나는 이제석 광고연구소에
목숨과도 바꿀 수 없는 가장 중요한 두 가지 원칙을 세웠다.

첫째, 이제석 광고연구소는 아무리 많은 돈을 줘도 재미없고
평범한 광고는 절대로 만들지 않는다.
"광고가 예술이니?" "잘 팔리는 광고가 장땡이지!" 세상을 모르는
놈들, 광고가 뭔지 모르는 놈들이라고 우리를 비아냥거리는
사람들도 많았다. 장사꾼들은 광고를 통해 대중들에게 뭘 자꾸
얻어내려고만 하지, 뭘 줘야 할지를 모른다. 따!따!따!따! 짧은
시간내에 뭘 사달라고 떠들어대기 바쁘다. 그러니 외면받을
수밖에. 우리는 대중들에게 주어진 시간 안에 최대한의 재미와
감동을 줘야 할 의무가 있다. 30초짜리 공짜 예술 티켓을

선물하는 격이다.

이때 '리스크'라는 단어를 무서워하는 겁쟁이들과는 함께 일할 수 없다. 그들은 결코 과거에 시도한 적 없는 것을 저지를 용기가 없으니까. 좋은 광고주가 되기 위해서는 '아량'과 '배포'가 필요하다. 그것만 있으면 된다. 짱돌은 우리가 대신 굴려준다.

둘째, 이제석 광고연구소는 광고주의 도덕성과 철학을 엄격히 따진다.

수십억 원을 싸들고 와도 나쁜 놈들을 도와주지는 않겠다는 말이다. 광고 수주 전에 광고주 뒷조사도 열심히 했다. 만약 나쁜 놈들을 광고해주면 그들의 이익과 성장이 이 사회에 고스란히 '독'으로 작용할 수도 있기 때문이다. 그건 나 혼자 잘 되자고 다 같이 죽자는 것과 마찬가지다.

정치 이념이나 종교 이념이 담긴 광고도 안 만들었다. 어느 한 쪽에 치우친 생각은 공익이 아니기 때문이다.

'을' 주제에 일을 가린다고? 배가 덜 고팠나? 우리 연구소의 원칙을 듣고 콧방귀 뀔 사람 많을 걸 안다. 실제로 아주 우리가 시건방진 놈들이라는 소문도 들었다. 아직 세상을 모른다고, 언제 철들 거냐고, 아직 덜 당해봐서 그렇다고 할 거다. 나는 이 바닥 알 만큼 알고 당할 만큼 당해봤다. 그러나 원칙대로 사는 게 겁나지 않는다. 원칙대로 살면 그 길이 힘들고 멀게 느껴지지만, 실제로는 정도正道가 가장 빠른 길이다.

죽을 때까지 한두 명의 훌륭한 광고주와만 깊은 인연을 맺더라도
나는 그걸로 만족하겠다. 광고를 많이 만들 욕심도 없다. 1년
아니 몇 년 만에 광고 한 편을 만들더라도 상관없다. 대신
한 편을 만들더라도 역사에 남을 작품을 만들어서 광고주와
광고제작자가 오래 오래 그 '후광'을 받았으면 한다. 경제적
차원이든, 브랜드 이미지 차원이든, 작품적 차원이든.

영업력이 생명인 이 바닥에서 지금까지 우리는 단 한 번도 따로
영업 사원을 뽑아본 적이 없다. 우리에게 최고의 영업 사원은 바로
'작품'이다. 좋은 작품을 꾸준히 열심히 만들면 그 작품을 보고
계속해서 새로운 일감이 들어온다. 좋은 작품이 또 다른 신규
프로젝트를 따온다. 진짜 실력은 혀끝에서 나오는 게 아니라
눈앞의 결과물로 증명하는 것이기 때문이다. 아무리 광고주들의
비위를 맞춰야 살아남는 게 이 판의 본질이더라도 우리가 타협할
수 없는 것이 있다.
'우리에게 제1의 광고주는 바로 대중이다.'
나도 말로 충분히 사람들을 설득하고 이것저것 끼워 맞추는
장사를 할 수도 있지만 여전히 농부의 마음으로 아이디어를 심고
가꿔서 추수하는 마음으로 광고를 만들고 있다.

누우면
머리와 발이
닿았다

세상에 겁날 게 없을 것 같은 나였지만 속을 까보면 요즘 말로
정말 쩔었다. 가진 게 불알 두 쪽밖에 없었다는 건 겸손해서 한
말이 아니다. 난 겸손한 놈은 아니다. 실제로 두 쪽밖에 없었다.
투지와 오기 말이다.

유명한 상을 쓸어 담고 국제적으로 이름 날리는 광고사도
경험했지만 다시 한국 땅을 밟았을 때 나는 여전히 빈털터리였다.
대기업들의 스카우트 제의를 호기롭게 내쳐버리긴 했으나 손에
목돈을 쥐고 있어서 그런 건 아니었다. 뉴욕의 천문학적인 물가와
유학으로 진 빚 때문에 간신히 몸뚱아리만 한 쪽 건졌다.

몸뚱아리 뉘일 방은 있어야겠다 싶어서 금호터널 위쪽 대한민국
대표 달동네 1번지, 약수동의 허름한 월세 단칸방을 얻었다. 두
평이 채 못 되는 곳이었다. 누우면 머리와 발이 벽에 닿을 정도로
비좁은 곳이었다. 솔직히 가난한 유학 생활 동안에도 그렇게
코딱지만 한 방에서 살아본 적은 없었다. 잘사는 집 화장실보다도
작았다. 그곳이 바로 그렇게 잘 나간다는 이제석 광고연구소의
사무실 본관이었고, 이제석의 숙소였다.

사무실 집기와 세간 목록은 내 이력보다 길지 않으니

열거해보겠다. 노트북, 프린터, 구형 텔레비전, 원 도어 소형
냉장고, 손바닥만 한 밥상 하나가 전부였다. 아, 하나 빠뜨렸다.
바퀴벌레 쓸어 담는 찌그러진 밥그릇.

일하기엔 공간이 너무 좁아 사무실 겸 숙소에선 잠만 잤다. 작업은
카페에서 주로 했다. 가끔 손님이 찾아오거나 방송사나 잡지에서
내가 어떤 놈인지 궁금해서 취재를 나올 때면 인터뷰마다 연구소
배경이 바뀌었다. 사무실처럼 인테리어를 해놓은 카페를 섭외했기
때문이다.

찌는 더위에 창문도 없고 에어컨도 없는 방에서 눅눅하고 갑갑한
아침을 맞이할 때면 한 손에 커피를 들고 뉴욕의 전망 좋고 쾌적한
사무실로 향하던 출근길이 무척이나 생각났다.

"내가 왜 이러고 살지. 마음만 먹으면 이렇게 안 살 수 있는데."
나를 스카우트하려고 한 회사의 한 달치 월급만 받아도 이보다
잘살 수는 있었을 것이다. 한국에 돌아온 것에 대한 후회가 슬슬
밀려오기 시작했다.

흥부네 가족

조그마한 광고 의뢰도 생각보다 만만치 않았다. 동시에 한두 건
정도는 어떻게든 때울 수 있지만 세 건이 넘자 혼자서는 도저히
감당할 수 없었다. 일을 시작한 지 서너 달이 지나자 한계에
부닥쳤다.

아뿔싸! 광고는 팀 작업이라는 사실을 까마득히 잊고 있었던
것이다. 광고주와 커뮤니케이션을 해야 할 AE와 디자인, 그래픽
등을 담당할 AD가 필요했다. 도와줄 사람이 절실히 필요했다.
사돈, 팔촌, 초·중·고등학교 동창부터 동네에서 알고 지내던
불알친구까지 발에 땀 나게 뛰어다니며 찾았다.

출중한 인력들이 빵빵하게 받쳐주는 뉴욕의 공룡 같은 대형
광고대행사에서 편히 앉아 이 일 저 일 시키기만 하던 호사스러운
환경과는 완전히 다른 상황이었다. 괜찮은 사람은 사막에서 바늘
찾기처럼 어려웠고, 설사 있더라도 내 사정으로는 도저히 데리고
있을 형편이 못 되었다. 정식 채용 절차를 거쳐 번듯한 고용
혜택을 줄 수 없었기 때문이다. 잘난 놈들은 다 대기업에 줄을
섰지 우리 같은 영세 업체는 거들떠보지도 않았다.

아는 사람을 통해 무작정 구한 직원들은 나만큼이나 한국 땅에서

당장 변변히 할 일 없는 사람들이었다. 일부는 광고 전공자도 아니었다. 나는 당장 사람이 필요하니까 아무나 뽑아서 아무 포지션에 넣고 아무 일이나 시켰다. 어설픈 사장과 어설픈 직원들이 모여 우왕좌왕 고장 난 수레바퀴처럼 삐걱거리고 덜컹거렸다.

더 큰 문제는 직원들이 근무할 사무 공간이었다. 바퀴벌레 기어 다니는 달동네 단칸방으로 출근시킬 순 없었다. 결국 카페에서 회의하고 밥집에서 밥 먹고 각자 공간을 마련해 일했다. 좋게 말하면 노마드 업무 방식, 정직하게 말하면 장돌뱅이 근무였다. 월급도 불규칙적이었고 쥐꼬리만큼밖에 주지 못했다. 궁상맞고 비참한 환경에 나도 지치고 직원들도 지쳤다. 언제까지나 그렇게 땜빵식으로 버텨나갈 수는 없었다. 게다가 직원 모두가 카페에서 만날 수는 없는 노릇 아닌가.

넉넉한 공간을 마련할 형편이 아니었기 때문에 서울에서 임대료가 낮은 동네란 동네는 다 뒤지고 다녔다. 뉴욕 맨해튼에 처음 상경했을 때도 이만큼 정착이 어렵지는 않았다. 서울 인심은 각박했고 없는 사람은 죽으라고 내모는 것만 같았다.

그렇게 서울 바닥을 샅샅이 뒤지고 다니던 어느 날 허름한 3층 빌라에서 남정네의 노랫소리가 들려오는 동네를 돌다 그 노래에 필이 꽂혀 그 앞집을 덜컥 계약했다. 가옥들은 낡았지만 가난한 예술가들과 젊은이들이 돌아다니는 서울 변두리의 작은 동네였다. 사무실을 얻었다고 해봐야 허름한 2층 빌라의 방 한 칸. 커튼으로 경계를 나눈 방 안쪽이 내 숙소였고 바깥쪽이 사무실이었다.

좁아터진 책상에 서너 명이 들러붙어 중고 노트북들을 두드렸고
편의점에서 쓰는 플라스틱 의자들을 다닥다닥 붙여놓고 새우잠을
자며 일했다. 가난한 흥부네 가족처럼 우리는 바글바글했다. 나를
포함해 모든 직원이 들개처럼 아무 데서 먹고 자고 아무 때나
일했다.

한국에서 만난 광고주들은 프로에 대한 존중, 무형 자산에 대한
가치에 대해 열변을 토하다가도 막상 계약서를 쓸 때가 되면
본색을 드러낸다. 깎아달라, 끼워달라, 고쳐달라, 빨리해달라,
사람을 걸레 짜듯 쥐어짜기 시작한다.

못된 어른들이 뉴욕에서 광고천재가 왔답시고 처음엔 좀
대접해주는 척하다가 아이디어만 쏙 빼가는 바람에 돈도 못
받고 계약이 파투 나고, 어리버리 까다가 돈도 많이 떼였다. 뭣도
모르고 술 한 잔에 말도 안 되는 계약서를 덜컥 써버리기도 하고,
산수를 잘못해서 본전도 못 챙겼다.

기분 잡치면 실컷 힘들게 차린 밥상을 와장창 엎어버릴 때도
많았다. 언제나 손해 보는 쪽은 나였지만. 그러는 동안 회사
재정은 엉망이 되고, 빚 구덩이 속에 살았다. 번 돈도 다 구멍 난
바가지처럼 새 나가버리고, 회사엔 질서나 규칙도 뭣도 아무것도
없었다. 그야말로 개판이었다.

그간 뉴욕에서 광고 좀 만든다고 어깨에 힘주고 다녔던 나였지만,
경영자로서의 이제석은 최악이었다. 막상 연구소를 차리고 보니
아랫사람 눈치 보는 게 더 무서웠다.

옛날 같으면 광고주 면상에다 고함치고 나와버릴까 싶어도

옆에서 밤새 발표를 준비해 온 직원이 나를 빤히 보고 있었다.
계약이 어그러지고 씩씩거리며 회사에 돌아가 보면 시골에서
보따리 싸들고 막 상경한 후배(직원)들이 날 빤히 보고 있었다.
어깨가 몹시 무겁고 모든 것들이 숨통을 조여왔다. 자유로운 몸과
마음이어야 비로소 크리에이티브가 나오는데 나는 자유롭지도
못했고 돈도 벌지 못했다.

별다른 취미 생활이 없었기에 스트레스를 받으면 술을 자주
마셨다. 술에 쩔어 변기를 잡고 구토를 하다가 문득 거울 속에
일그러진 내 모습을 보았다.

'내가 뭣 하러 이런 크리에이티브 불모지에 와서 이 지경이 됐나?'

'하늘을 날던 내가 어쩌다가 다시 이 똥구덩이 빠진 걸까?'

'무슨 부귀영화를 누리려고 내가 이 짓거리를 하고 있나?'

매일 땅이 꺼져라 한숨만 쉬던 나날들이었다. 처음 연구소를 차릴
때의 거창한 각오와 의지들은 현실의 벽 앞에 점점 초라하게
쪼그라들기 시작했다.

그러나 주저앉을 수도, 왔던 길을 되돌아갈 수도 없는 상황이었다.
나 혼자였더라면 그냥 이대로 무너져도 괜찮았지만 나만
바라보는 내 식솔들을 위해서라도 내가 바로 서야 했다.

'이대로는 안 된다.'

뭔가 돌파구가 필요했다.

눈이 휘둥그레지는
경험

세상에 죽으라는 법만 있는 건 아닌가 보다.

망해가던 이제석 광고연구소에 굵직굵직한 일감들이 조금씩
밀려들기 시작했다. 비슷비슷한 광고들에 싫증을 느낀 사람들이
뭔가 좀 색다른 걸 기대하고 날 찾아왔다. 우리와 우리 작품
세계를 좋아하고 응원하는 무리도 많았다. 그들이 앞으로 소개할
해괴망측한 작품들의 광고주다. 우리를 인정해주다니, 고마워서
눈물이 다 났다. 미친 것도 메리트가 되는 세상이다.

바다 밑으로 서서히 가라앉고 있던 배의 선장인 나는 예측이
맞아떨어지고 있다는 믿음이 생겼다.

'꼴리는 대로 이대로 계속 가는 거다!'

배고픔과 좌절로 나약해질 대로 나약해진 우리에게 누군가의
격려와 수주는 사막의 단비처럼 느껴졌다. 그리고 그 단비는
무서운 폭풍이 되어 잠자고 있던 내 광기 어린 열정에 불씨를
지폈다.

'그래! 계속 미친놈처럼 앞으로 가자!'

미치려면 제대로 미쳐야 한다! 우리는 이때다 싶어 필사적으로
들어오는 일감을 닥치는 대로 해치웠다. 그냥 일을 쳐내는 걸로

부족하다, 한 방 한 방 모두 홈런으로 때리자 하고 피와 땀을 쏟아냈다. 오기, 한, 분노, 회한, 야망, 열등감이 만들어낸 격렬한 에너지는 불꽃을 튀기며 꽤 괜찮은 작품들로 만들어졌다. 좋은 작품을 만들 때는 피 한 방울, 눈물 한 방울, 땀 한 방울이 들어가야 제맛이 난다. 그게 명작의 필수 조미료다.

난생처음 수억 원짜리 촬영 장비로 TV CF를 찍기도 하고, 중장비로 쇳덩어리를 깎아서 집채만 한 빌보드를 짓기도 했다. 현대차, LG전자 같은 대기업 광고는 물론 온갖 종류의 소소한 공익광고들도 팍팍 해치웠다.

경험도 없는 놈들이 자칫 실수했다가는 수천만 원에서 수억 원을 날려먹을 대형 프로젝트들이라 속으로는 바짝 쫄았지만 태어나서 한 번 해본 적도 없는 일들도 '많이 해봤다!' '잘할 수 있다!'라고 큰소리를 쳤다. 그리고 우리는 어딘가에 홀린 사람들처럼 또 신들린 듯 척척 해치웠다. 사내 셋만 모이면 물속에서도 불을 지핀다고 했던가? 일이 잘못되고 있을 때에도 애써 태연한 척하다가 급하게 모여 긴급 대책을 찾아서 또 아슬아슬 위기를 모면했다. 이렇게 삐걱거리면서도 회사가 굴러가는 광경이 참 대단하고 신기했다.

책상에 앉아 펜대만 굴려대는 오피스형 광고쟁이들이 꿈도 꾸지 못할 험한 일들도 온몸을 날려 쳐냈다. 정말 '목숨을 걸고 일했다'. 수십 미터 크레인에 매달려보거나 화기성, 독성 발암물질들과도 친구처럼 지냈다. 용접을 하다 불똥이 튀어 화상을 입기도 하고, 그라인더로 쇠를 깎다가 쇳가루가 겨털

크레인 타는 대표 미국행 비행기 속에서 훗날 내 모습을 상상해본 적이 있다. 전망 좋은 오피스에서 미녀 여직원들과 고급 커피를 마시며 폼 나게 일하겠지? 개뿔! 미국까지 가서 공부도 많이 하고 상도 받고 언론의 주목까지도 다 받았는데 지금 나는 지방대 간판쟁이 시절보다 더 빡세면 빡셌지 편해진 건 없구나. 결국 이놈의 팔자는 죽을 때까지 개처럼 일만 해야 할 팔자인가 보다.

사이사이에 박혀 온몸을 움직일 수 없을 만큼 따가워도 봤다.
현장감독 역할을 하며 막노동과 공사의 맛을 뒤늦게 깨닫고
내가 나서지 않아도 될 일까지도 목장갑을 끼고 직접 도왔다.
그늘에서 큰소리만 치는 것보다 땀을 흘리고 몸을 쓸 때 일의
만족감이 배가 된다는 것도 그때 알게 되었다. 공사판에 이런 멋진
사나이들이 있는지도 그때 알았다.

당시 우리 직원들도 가뭄에 내린 단비에 취해 진한 독기를 가득
품고 호랑이도 때려잡을 기세로 작업에 임했다. 건장한 수컷들을
까만 봉고차에 가득 태워 달리고 있노라면 세상 무서울 게 하나
없었다. 현장에서 땀과 먼지로 샤워를 한 날에는 야만인들처럼
고기를 구워 먹으며 밤새도록 술판을 벌였다.

연구소의 TV CF 촬영 현장

앞으로 소개할 광고들은 그냥 아이디어에서 끝난 습작들이 아니다. 회의실에서 17대 1로 침튀기며 싸우면서, 현장에서 흙먼지 잔뜩 뒤집어쓰면서, 산더미 같은 서류 작업을 해치우면서 만들어낸 '진짜' 세상에서 빛을 본 '진짜' 작업들이다. 누구나 좋은 아이디어를 낼 수 있다. 그러나 그 아이디어를 현실로 만드는 건 매우 어려운 일이다.

연구소의 옥외광고 시공 현장

힘한 일, 불가능한 일, 더러운 일을 가리지 않고 닥치는 대로 하는 게 익숙한 연구소 사람들은 지금 웬만한 건축·시공사들을 능가하는 폭넓은 시공 노하우를 보유하고 있다. 남성적인 힘에 여성적인 감성이 더해지고, 공학적 건축기술위에 크리에이티브를 더한 것. 이것을 '예술시공'이라 부른다.

다르게 보라
장애물도 발판이 된다

간판쟁이 10년 만에 지구 상에서 가장 비싼 뉴욕 한복판
타임스스퀘어에 간판을 달 기회가 찾아왔다. 대구 변두리에서
30만 원짜리 시장 간판을 만들던 내게 세계적으로 명성이 알려진
상품만 걸리는 그 전광판이 들어왔으니 세상이 다 내 것 같았다.
광고 단가로 치면 자그마치 10000퍼센트 상승한 대박을 친
셈이다. 꿈인지 생신지 믿을 수 없었다.
"봤지, 새끼들아! 한다면 하는 놈이라고."
저절로 욕이 터져 나왔다.
떨리는 마음으로 빌보드를 보러 뉴욕 한복판으로 날아갔다.
맨해튼 심장부라고? 어딜까? 스파이더맨에 나오는 그 장소일까?
아니면 그 옆? 긴장해서 잠을 이루지 못한 데다 너무 떨려서
심장이 터질 것 같았다. 그런데 현대에서 말하던 그 광고판이 어디
있지? 아무리 찾아도 없었다.
눈을 씻고 다시 찾아보니 커다란 광고판이 빽빽이 들어찬 곳 한
구석탱이가 눈에 들어왔다. 전광판이 걸릴 공간은 건물 벽면의
아래쪽이었다. 바로 앞에는 계단처럼 조성해놓은 시민들의 휴식
공간이 새로 들어서 있었고 설상가상으로 브로드웨이 티켓

노란 테두리가 우리가 의뢰받은 광고판의 위치다.
빽빽한 간판들로 둘러싸인 타임스스퀘어 전경. 전광판 정면은 쉼터 계단에 가려 광고판의 절반도 채
보이지 않았다. 야간에는 관광객들이 모여 앉아 있기도 했다. 사람들이 북적거리면 전광판이 더 안
보인다.

박스가 떡하니 시야를 가로막고 있었다. 가만히 있어도 보여야 하는 게 전광판인데 눈을 씻고 찾아봐야 할 상황이었다. 장소부터가 태클을 걸었고 현대자동차가 설정한 콘셉트 역시 만만한 게 아니었다.

New Thinking. New Possibilities. 새로운 생각. 새로운 가능성. 현대자동차의 의지를 담은 야심 찬 선언이었다. 자동차의 본고장에서 도전적이고 혁신적인 브랜드 이미지를 구축하겠다는 의지였다. 그러나 우리에겐 지독하게 난해한 프로젝트였다. 새로움을 추구하는 광고쟁이에게 "네가 생각하는 새로움은 뭔데?" 하고 약 올리는 듯한, 오기를 자극하는 구호였다. 모든 광고는 새로움을 추구하기 때문에 광고쟁이는 아무리 새로운 것을 선보여도 본전이다.

과연 새로움이 뭘까? 존재하는 대상을 완전히 다르게 뜯어고치는 걸까? 존재하지 않는 새로운 것을 만들어내는 걸까? 아니다. 나에게 새로움이란 언제나 평범하고 뻔한 것에서 남들이 보지 못한 의외의 면을 발견해내는 것이었다. 평범한 것을 특별하게 보는 것, 그것이 나의 진검승부라 믿었다. 고민하지 말고 원래 있던 것들을 다른 관점에서 보자. 내가 갖고 있던 생각과 룰부터 부숴야 한다! 내가 크리에이티비티의 제1원칙으로 늘 강조하는 '다르게 보기'로 환원한 것이다.

멀리서 잘 안 보이는 전광판을 어떻게 눈에 띄게 할까? 온갖 촉각을 곤두세우다가 나는 생각을 뒤집었다. 왜 전광판 광고는 굳이 멀리서 봐야 하지? 가까운 곳에서 잘 보이게 하면 되잖아!

가까운 곳에서 보이게 하려면 관객이 참여할 거리를 만들어야겠다 싶었다.

그러다 회의에서 전광판에 레이싱 게임을 틀면 어떻겠냐는 반짝이는 아이디어가 나왔다. 자동차를 만드는 회사이니 전광판을 게임기로 삼아 행인들이 직접 게임을 하도록 하면서 직접 차를 몰아보게 하자는 것이다. 전광판을 게임으로 만들면 사람들이 전광판 앞의 계단을 발판 삼아 게임을 하러 올라올 것이다. 우리를 괴롭히던 그 장애물이 새로운 발판으로 다시 태어나는 것이었다. 그 순간 눈엣가시 같던 장애물이 그토록 이뻐 보일 수가 없었다.

우리는 즉각 이 안을 클라이언트에 내밀었다.

"멀리서 볼 수 없다면, 가까이서 승부를 봐야 합니다! 우리 빌보드를 가로막은 이 장애물을 발판으로 삼아 사람들이 난생처음 경험하는 가장 큰 스케일의 레이싱 게임을 선보일 생각입니다! 빌보드를 게임기로 바꾸는 발상. 그것이 바로 현대자동차의 새로운 생각이고 가능성입니다."

발표가 끝나기 무섭게 기립 박수가 터져 나왔다. 이런 큰 환호는 처음이었다. 기대했던 대로 반응은 당연히 '콜'이었다.

문제는 실무 담당자들의 반응이었다. 설명이 다 끝나기도 전에 벌써 다들 표정이 붉으락푸르락했다. 연구소 측과 광고주 측 양측 실무자들 모두 현지 상황에 대해 아는 바가 없어 법적인 규제와 제한에 대해 바짝 쫄아 있었다.

타임스스퀘어의 거대한 전광판을 모니터 삼아 아이폰으로 레이싱

게임을 한다는 발상은 분명 기똥찼다. 하지만 그것을 실제로
구현하려면 복잡한 후속 작업이 뒤따라야 했다.

즉각 프로그램 개발과 전광판 작동을 위한 작업에 들어갔다.
한국에서라면 손 빠른 프로그래머들이 뚝딱 해치웠을 일이지만
뉴욕 현지 사정은 달랐다. 프로그램에선 버그가 속출했고, 처음
진행하는 작업이다 보니 설치 작업도 말썽이었다. 아이폰과
전광판을 연결하는 기술도 복잡하기만 했다. 이게 다 우리의
역발상 아이디어가 초래한 당연한 결과였다.

드디어 디데이. 우리가 섭외한 행인이 손바닥보다 작은
아이폰으로 거대한 전광판을 모니터 삼아 게임을 시연하자
사람들이 우르르 몰려들었다. 역동적인 자동차 움직임이 전광판
화면을 채우고 거친 배경음까지 들렸기 때문이다. 밉게만 보이던
장애물 위로 사람들이 줄줄이 올라가서 게임을 하기 시작했다.
"세상에, 타임스퀘어 전광판으로 게임을 하다니! 내 인생 최고의
행운입니다."
게임을 해본 사람들은 감격에 겨워 호들갑을 떨었다. 어떤 놈들은
서로 하겠다고 싸우고 난리가 났다.

게임을 하려고 줄을 서는 사람, 전광판을 배경으로 사진을 찍는
사람, 주요 방송국에서 촬영하러 온 사람들로 북적거렸다. 세계
각국에서 온 관광객들로 늘 붐비는 곳이다 보니 자연스레 뜨거운
이벤트 현장이 된 것이다.

당연히 매스컴들은 현대자동차의 혁신적인 광고를 보도하느라
바빴다. 게임을 하는 행위 자체가 광고가 됐고 게임하는 장면이

"현대 자동차 타임스스퀘어 레이서"

스마트폰으로 앱만 깔면 뉴욕 타임스스퀘어 한복판에서 누구나 사상 초유의 사이즈로 레이싱 게임을 즐길 수 있게 되었다. 시야를 가리던 장애 요소였던 티켓 박스 계단 쉼터를 발판으로 활용해 공간의 가치를 올릴 수 있었다. 티켓 박스에 줄을 서서 기다리는 사람들과 쉼터 계단에서 쉬고 있는 사람들에게 특히 어필되어 게임에 직접 참여하는 사람 뿐만 아니라 게임에 참여하기 위해 줄을 서서 기다리거나 게임을 즐기는 장면 그 자체가 하나의 진풍경이 되었다.

작품의 아이디어 작업에는 오랜 동료 윌리엄 트랜과 학교 후배 하성권이 함께 참여했고, 모멘텀이란 뉴욕의 한 인터랙티브 광고회사가 현장 시공을 맡았다.

막상 발판 위에 올라서서 보면 전광판 화면이 무척 크고 시원하게 잘 보인다.

유튜브에 올라와 이중 삼중 효과가 났다. '차를 사시오'가 아니라 '차를 타시오'로 권한 셈이다. 한마디로 대박이었다.

장애 요소를 기회 요소로 탈바꿈시켜 후미진 광고판의 값 자체를 올린 아이디어라며 극찬을 받았고 광고가 히트 친 덕분에 광고주에게 최신형 자동차도 한 대 선물 받았다.

쓸모없다고 여겨지는 것들도 관점을 바꾸면 새로운 의미나 가치가 보인다. 그게 광고의 힘이다.

이순신 장군님은
탈의 중

서울시 대표 명소 광화문 광장

서울시에서 전화가 왔다. 42년 동안 서울을 지키느라 때 끼고
부식된 이순신 장군상의 보수 작업이 필요하다는 거였다. 그
기간에 자리를 대신할 가림막을 만들어달라는 주문이었다.
서울, 아니 대한민국 한복판에 떡하니 자리하는 국가적 상징물을
대신하는 작업이니 영광스럽고 뿌듯했지만 어깨가 무거웠다.
말하자면 이제석의 작품이 드디어 온 국민의 심판대에 오른 살
떨리는 순간을 맞은 거다.

나는 장군님 동상의 부재를 놓고 상상에 들어갔다. 있던 게
없어지면 얼마나 허전할까. 그 빈자리를 뭘로 어떻게 채우지. 굳이
채워야 하는 걸까. 없는 걸 없다고 하면 안 될까.

때마침 당시 서울시장이 공식 기자회견에서 "장군님이 잠시
병원에 다녀오십니다"라는 농담으로 기자들을 웃겼다는 말이

떠올라 가림막 대신 수술실이나 양호실 커튼을 치고 장군상의
발만 삐죽이 나온 시안을 처음으로 생각해봤다.

그러나 장군님이 아프다고 말하면 왠지 분위기가 우울해질
것 같았다. 큰칼 대신 스키를 들고 휴가 갔다고 할까? 아니면
쭉쭉빵빵 미녀들과 서핑 보드를 들고 해변에서 놀고 있는 장면을
넣을까? 나는 근엄한 장군님을 두고 온갖 발칙한 상상을 하기
시작했다. 아마 장군께서 살아계셨다면 빌어먹을 환쟁이놈! 하고
큰 칼로 내 목을 쳤으리라.

마침내 서울시청에 시안을 발표하는 순간.

하얗고 길쭉한 박스형 공사 가림막 정면엔 탈의실 문짝을 그려
넣고 부스 벽면엔 장군님의 거무죽죽한 갑옷을 걸어놓았다.
장군이 잠시 옷을 갈아입으러 갔다는 표현이었다. 옷을 갈아입는
데는 거듭난다는 의미도 있었다. 물론 내 욕심은, 박스에 걸린
갑옷을 보면서 장군님이 그 안에서 뭘 할까 사람들이 상상하게
하는 거였다.

시안이 공개되자 회의장 분위기가 싸늘해졌다. 참석자들 표정이
일그러지더니 이내 불만과 비난에 찬 의견이 터져 나왔다.

"젊은 사람이 조형물을 만들라고 했더니 광고를 만들어 왔네!"
"누구야, 도대체. 국가 상징물에 저렇게 장난을 쳐도 되는 거야?"
서울시 자문위원들인가 뭔가 하는 모 대학 디자인과 교수
나부랭이들은 무슨 숙제를 내주듯 다시 해오라며 나에게 성화를
부렸다. 전문가 중엔 대안이랍시고 이순신 장군의 글씨를
활용하자, 전통 문양을 넣자, 한마디씩 해댔다. 아주 웃기고들

있었다. 그렇게 잘하면 지가 하지 왜 나한테 맡겨가지고 분란을 일으키나 싶었다. 관련 부서 공무원들은 더 발끈했다. 조금이라도 거슬리는 부분이 있으면 온갖 생트집을 잡으며 시비를 걸었다. 이놈 저놈 쉬파리 떼처럼 한마디씩 거들다가 결국 아무런 결론이 나지 않았다.

나는 서울시 관계자에게 수십 통의 전화를 돌려 답답한 심정을 호소했고, 결국 서울시장과 우리 연구소 측이 직접 독대까지 하게 만들었다. 이런 작은 프로젝트 하나에 대한민국 수도의 시장까지 나서야 하나? 할 줄 알았던 시장님은 의외로 "농담한 걸 이렇게 진지하게 받아들여?" 하며 선뜻 우리 손을 들어주었다. 주위에서 "아니되옵니다"를 외치던 영감들의 기세는 그 바람에 한풀 수그러들었고 우여곡절 끝에 가림막은 일단 내 시안대로 설치됐다.

그럼에도 찬반 논란은 잦아들지 않았다. 설치를 해놓고 1~2주 동안 반응을 보고 시민들 반응이 안 좋으면 내리겠다는, 공무원들이 흔히 쓰는 수법이었다. 그들은 자기들의 의견이 시민들을 대표하는 것처럼 갑론을박이 있으니 내리는 게 낫다고 여론을 몰고 갔다. 정확한 의견 수렴도 없이 동상 본래의 모습을 담은 실사 가림막으로 교체하기로 했다는 내용의 보도자료를 흘리기도 했다.

그런데 웬걸? 민원은커녕 언론은 시민과 소통하는 좋은 도시 미관이라고 칭찬하기 시작했고 현장을 지나는 사람들은 대부분 좋다, 재미있다는 긍정적인 반응이 나왔다. 한창 여론몰이를 하던

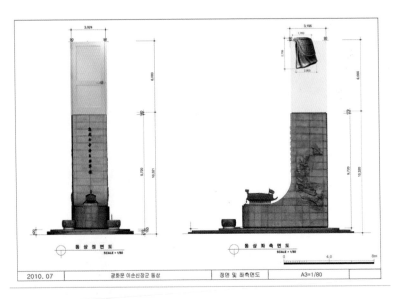

| 2010. 07 | 광화문 이순신장군 동상 | 정면 및 좌측면도 | A3=1/80 |

공무원들은 아마 등에 식은땀이 흘렀을 것이다.

의외의 결과가 믿기 어려웠는지 아예 정식으로 현장 여론조사까지 실시했다. 결과는 가림막 찬성표가 70퍼센트에 가까웠다. 재미있고 참신하다는 게 이유였다. 지나가는 사람 붙잡고 저거 어떠냐고 심각하게 따져가며 물어본 결과 치고는 높게 나온 편이다. 대개 사람은 피실험자가 되어 진지한 질문을 받으면 경직된 시선으로 대상을 판단하지, 감성적으로 쉽게 받아들이기 어렵기 때문이다.

그렇게 '탈의중' 가림막은 장군님이 돌아오시기까지 40여 일을 버텨냈다. 이 작품을 하면서 나는 크리에이티비티 절대 공식 하나를 재확인했다. 아무리 잘못해도 웃기면 다 용서된다. 웃는 얼굴에 침 못 뱉는다. 안타깝게도 이 땅에는 유머가 너무 없다. 특히 공무원들! 우리는 한 번 웃기려면 열 번 피똥을 싸야 하는데. 다른 차원에서 웃기는 얘기. 일이 잘되고 한참 지나고 나서, 그렇게 피를 토하며 반대하고 나를 훈계하던 한 담당자가 가림막 앞에서 미소 지으며 찍은 사진을 실은 신문 인터뷰를 우연히 보게 되었다!

벌거벗은
미술관

까놓고 보여주겠다! 경복궁 옆에 있는 국립현대미술관 서울관의
가림막 작업을 할 때의 콘셉트였다.

미술관의 문턱이 너무 높다. 이게 다 있는 사람들 탓이다. 교양
있고, 지식 있고, 돈 있고, 권력 있는 사람들 말이다. 미술인이
아니라 나 같은 광고쟁이가 이 프로젝트를 하게 된 것도 다 그
때문이다. 평소에 예술 합네 하면서 거들먹거리는 미술 동네
사람들이 솔직히 아니꼬워 이참에 한번 당해봐라 하는 마음으로
팔을 걷어붙였다. 홍대 앞에서 인상 깊게 본 낙서에서도 영감을
얻었다. 누가 벽면에 크게 "오늘도 예술가인 척하느라 수고
많았습니다"라고 스프레이로 써놓았던가.

나는 시민과 소통할 수 있게 권위적인 미술관을 완전히
발가벗기고 싶었다. 누구나 다 볼 수 있게. 그래서 이 프로젝트에
붙인 타이틀이 '벌거벗은 미술관Naked Museum'이다. 명색이
국립현대미술관이니 미술사에서 가장 유명한 아이콘을 벗기자.
그 아이콘을 원작에서 끄집어내 조롱해주자. 그리고 그 아래에
"누구를 위한 예술인가?" "박물관이 옷을 벗었습니다." 등의
도발적 문구들을 거칠게 스프레이로 낙서같이 써버렸다.

그러나 이 자리가 어떤 자린가? 청와대와 경복궁이 이웃하고
갤러리와 공연장과 카페가 즐비한 곳이다. 괜히 대통령이
지나가다 혀라도 차면 큰일 아닌가? 여성부에서 강력히
반발하지는 않을까? 게다가 이곳은 외국인 관광객이면 무조건
몰려오는 관광 1번지니 국격을 해치면 곤란할 것이다.

이 모든 걱정을 덮고 비미술인 출신인 배순훈 관장이 OK를 했다.
과거에 '탱크주의'를 내세우며 대우전자 광고에 파격적으로 직접
출연했던 그 사람이다.

대중의 관심은 초대형 올누드 모나리자에 쏠렸다. 그래도 민망한
부위들은 예의상 나무를 심어서 가렸다. 지나가는 사람마다
한마디씩 했다. 보수적인 매스컴도 앞다퉈 모나리자 올누드에
포커스를 맞췄다.

우리가 만든 광고들이 연이어 텔레비전과 신문에 대서특필되면서
이제석이 만들면 뉴스가 된다는 정평이 나기 시작했다. 그도 그럴
것이 꺼내놓는 작업마다 보도자료도 뿌리지 않았는데 특종으로
보도되는 것이다. 그 광경이 정말이지 흐뭇하고 좋았다. 광고를
찍어가서 틀어주니 광고주는 공짜 광고해서 좋고, 우리는 작품이
대중들에게 알려지니 일석이조였다.

우리가 상업성보다는 공익성이나 예술성을 좇을 때, 우리가 광고
같지도 않은 광고를 만들고 있을 때, 광고업계 사람들은 "광고가
광고다워야지!" "광고가 예술이냐? 잘 팔리는 광고가 장땡이지!"

"공익광고 만들어서 뭣하냐? 돈도 안 되는 것을……" 하며 우리를 씹어댔다.

우리가 만드는 광고들은 당장의 수익을 보장하지는 않았지만 곧 출판, 드라마, 전시, 공연 등 다양한 형태의 문화콘텐츠 사업으로 줄기차게 이어졌다. 광고라고 꼭 남의 상품을 수식하는 '수단'이어야만 할 필요가 있는가? 광고 자체가 '상품'이 될 수 있지.

우리가 만든 광고를 혹자는 현대미술이라고 불렀고 어떤 이는 개념 예술이라고, 환경 디자인이라고, 또 사인 건축물이라고 불렀다. 다르게 보기를 좋아하는 나는 우리 작업이 다르게 불리는 게 기분 나쁘지 않다. 다르게 보기로 나는 미술가도 되었다가 디자이너도 되었다가 간판쟁이도 되었다가 뭐든 좋다. 사실상 다 같은 말이다. 상황에 따라 내가 유리한 룰로 싸워 이기면 되는 것이다.

연구소의
실험적인 광고
Top 5

1. 세상에서 가장 정직한 광고

공정무역을 통해 정직하게 만든 초콜릿인 만큼 세상에서 가장
정직한 이미지의 초콜릿 브랜드를 만들어달라는 광고주의 요청이
있었다. 우리는 상품 개발부터 홍보까지를 모두 책임지기로
했다. 기존 초콜릿 패키지는 예쁜 척, 고급스러운 척, 맛있는 척
가식이 많길래 공정무역 초콜릿은 반대로 했다. 이름도 발음대로
'초코렛'이라고 짓고 포장도 입발림과 멋진 장식 대신 가장 정직한
방법으로 디자인했다.
광고를 만들 때도 당황스러울 정도로 정직한 카피들을 뽑았다.

초코렛 많이 먹으면 살쪄요.

왕년 '가나초콜릿'의 로맨틱한 광고를 패러디했다. 초콜릿이 첫사랑의 맛이자 추억의 맛이라는 것을 솔직 버전으로 바꿨다. 연인의 가슴팍에 얼굴을 묻었던 소녀가 얼굴을 들면 치아가 썩어서 다 빠져 있거나, 뚱뚱한 여자가 돼 있다. 너무 많이 먹지는 말자는 문구와 함께 정직한 초코렛이 나타난다.

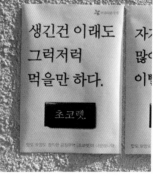

"사 먹으라는 말인가? 말란 말인가?" 하는 황당한 반응을 불러일으킨 광고들이다. 대중의 자발적인 바이럴 효과로 결과적으로는 재고가 바닥날 정도로 히트 쳤다.

2. 화면이 없는 TV 광고

"깜깜합니다"
재해구호협회 수재민돕기 TV 광고

1초가 황금 싸라기처럼 귀하고 비싼 공중파 방송에 풀 컬러 HD
화면 대신 소리만 들려줬다. 앞이 깜깜한 수재민들의 절망적인
마음을 깜깜한 화면으로 처리했다. 오로지 흐느끼는 울음소리만
절망적으로 들린다.
최첨단 디지털 기술 시대에 3D 입체 화면을 보여줘도 모자랄 판에
뚱딴지처럼 소리밖에 없나! 이게 무슨 라디오 광고냐! 하며 광고주
시사회장에서 적지 않은 논란이 있었던 작품이다. 그러나 때로는
많이 보여주고 많이 말하는 것보다 적게 보여주고 적게 말하는 게
더 큰 충격을 줄 수 있다.

TV 30" 앞이 깜깜합니다 편

빗소리... (천둥)

울음소리...

앞이 깜깜합니다.

구호의 손길은 1544-9595

全国災害救助協會

나레이션:

재해는 누구에게나 일어날 수 있습니다.

당신의 도움이 필요합니다.

3. 역사상 가장 못 만든 티브이 광고

"주부(조합원)들이 직접 만든 광고"
아이쿱 생활협동조합 TV 광고

CF 쌩초보들이, 그것도 광고주가 손수 만든 CF가 공중파를 탄
건 이게 처음일 거다.

광고주는 아이쿱 생협으로 일종의 생활협동조합이다. 회원들이
소비자이기도 생산자이기도 해서 생산부터 품질관리까지
자기들이 다 한다. 그래서 광고도 광고주인 주부들이 직접
만들어라 했다. 나는 손 하나 까딱 안 하고 아이디어 수집부터
콘티 구성, 제작 회의, 촬영, 편집까지 모든 걸 쿨하게 광고주에게
맡겼다.

"주부(조합원)들이 직접 만듭니다." 중간 유통 마진 없이 생산자가
값싸고 싱싱한 농수산물을 소비자 식탁으로 빠르게 갖다 준다는
걸 표현하기 위해 미식축구를 패러디했다.

배추밭에서 일하던 한 어머니가 배추를 품에 안고 축구 선수처럼
돌진하면서 유통업자들을 다 제치고 가족의 식탁에 배추를
터치다운 하는 내용이었다. '내 밥상은 내가 지킨다'는 엄마의
모습을 영웅으로 묘사했다.

촬영장은 우왕좌왕 아수라장이었다. 웨딩 촬영 경험이 있는

232

< 주부들이 직접 만든 광고 >

감독 - 추재경 주부

촬영감독 - 한형숙 주부

연출 - 주연희 주부

연기 - 김정숙 안경옥 권귀연 정선자 유윤정 권용비

카메라맨 아줌마가 고물 캠코더로 찍은 화면은 흔들리기
일쑤였다.

이 광고가 방송을 타자 온갖 반응이 쏟아졌다. 예상대로 퀄리티가
엉망이라는 지적은 기본, 거슬리지만 신선하다는 시선도 많았다.
시청자 조사 결과 노출 대비 상기율이 일반 광고보다 폭발적으로
높게 나타났다. 예쁘고 세련된 CF가 지천인 상황에서 이 광고가
먹힌 거다. 일이 되려고 그랬는지 방송사에서 우리 광고가
기삿거리로 자주 나왔다.

4. '몸짱' 모델이 나오는 속옷 광고

"진짜 편안한 여성 속옷"
크라비아 속옷 광고 포스터

이 광고에서는 여성 속옷의 '편안함'을 두드러지게 표현하고
싶었다. 편한 자세의 모델, 편하게 찍은 사진, 편한 광고.
세상 아무도 의식하지 않고 자신만의 시간을 가지는 쉬는 날
여성의 일상을 자연스럽게 담아냈다.
크리비아는 속옷 중에서도 세상에서 가장 편한 속옷을 만드는
것을 목표로 하는 기업이다. 실제로 내가 입어보니 감촉이 매우
좋았다. 남자 빤스하고는 비교할 대상이 아니었다.
사실 여성들이 편해야 세상이 편해진다. 우리 사회는 지금까지
여성을 얼마나 불편하게 해왔는가. 불편한 자세와 불편한 표정,
불편한 옷차림으로 여성스러움과 정숙함을 강요해왔다.
우리가 잡은 크리비아 속옷의 브랜드 콘셉트는 여성의 자유와
해방이었다.

Q) 여자 나체 사진을 저렇게 함부로 밖에 꺼내놓아도 되나?
A) 다른 속옷 광고들과 노출 수위는 다르지 않다. 일반 디카로 찍다 보니 사진 퀄리티가 조금 낮을
뿐이고, 예쁘고 화려한 스튜디오 배경이 아니라 일반 가정집이 배경일 뿐이다.

Q) 성의 상품화 아니냐?
A) 저 모델들의 외모가 과연 얼마나 상품성이 있을지는 의문이다. 광고는 동네 목욕탕에서 마주할 수
있는 아줌마들의 가식 없는 솔직한 모습을 보여주고 있다. 저 여인들의 모습은 마치 동네 아저씨들이
러닝 차림으로 슈퍼 앞 평상에 앉아 막걸리를 마시는 장면과 다를 바가 없다.

5. 세계 수준의 동네 광고

"밀리언林 맞춤형 수제 가발"

맞춤형 옥외광고 디자인

'밀리언林 맞춤형 수제 가발'은 서울 변두리의 조그만 수공예
맞춤형 가발 제작소다. 여느 광고대행사 같으면 자존심 상한다며
거절했겠지만 우리는 흔쾌히 의뢰를 받아들였다.

톡 까놓고 말하면 가발 업체라는 말에 그 자리에서 빵 터졌다. 죄
없이 대머리가 된 분께는 송구하지만, 아무 이유 없이 나를 웃기는
초등학교 교장 선생님이 있었다. 조금 남은 옆머리로 벗겨진
윗머리를 힘겹게 가리는 헤어스타일이었다. 바람이 가볍게 휙 불
때면 머리가 홀라당 벗겨지는데 어디론가 사라진 머리카락을
순식간에 찾아내 원상복귀시켰다. 그 기억이 이 작업물을
탄생시켰다.

10여 년 전에 간판쟁이 하기 싫어서 떠나버린 동네 뒷골목에서
내가 다시 간판을 만들고 있다니, 뉴욕까지 다녀와서 다시 이
짓거리를 하게 될 줄은 몰랐다.

동네 국밥집 간판을 마지막으로 이 바닥을 떠날 때 결심한 게
있다. 누구도 흉내 내지 못할 광고를 만들겠다고. 2류 3류가
흉내 내지 못할 1류가 되겠다고. 그때와 지금의 나는 과연 무엇이

달라졌나?

이제석 광고연구소의 성격을 골고루 보여주는 광고를 뽑으라면
난 이 작품을 꼽는다. 동네 간판 광고라고 얕잡아 보면 안 된다.
광고로서 제 기능을 다하기 때문이다. 광고 중에 최고는 딱 한
번 봤는데도 평생 기억에 남는 광고다. 장담컨대 가발 광고 중에
이보다 더 오래 기억날 광고는 많지 않다고 본다. 동영상으로
돌아가는 CF가 아니어도 말이다.

이 허접해 보이는 광고는 국제적으로도 큰 호응을 받았다. 나를
따르는 후배들에게 아직도 입버릇처럼 이야기한다. 지명도 있고
예산을 많이 쓰는 광고주, 덩치 크고 이름난 광고회사여야만
좋은 광고를 만들 수 있는 건 아니라고. 동네 속셈학원 광고,
피아노학원 광고, 과일가게 광고도 세계 수준으로 만들 수
있다고.

뉴욕 한복판에서 나이키나 코카콜라가 기발한 광고를 만들어
칸 광고제를 수상했다면 그건 뉴스거리가 아니다. 그런데 양촌리
한복판에서 이름도 없는 비료회사가 엄청 기발한 비료 광고를
만들어 칸 광고제를 수상했다면 그건 빅 뉴스다. 그것이 내가
크리에이티브 불모지라 불리는 한국에서 새로운 길을 개척하려는
이유다. 필요하다면 세계 어느 광고 불모지에라도 날아갈 준비가
되어 있다. 내가 가는 곳이 곧 길이 되고 내가 있는 곳이 곧 세상의
중심이다.

포스터 윗부분에 칼집이 나 있어 한 줄 한 줄 꼬부리거나 뜯어내면 작품이 실시간으로 달라진다.
만지면 만질수록 새롭게 창조된다. 처음엔 가발의 스타일별로 여러 장을 만들까 고민했는데, 이 같은
방식으로 단 한 장으로도 여러가지 다른 느낌의 포스터가 탄생하게 되었다. 디자인에 대해서는 크게
고민하지 않았다. 광고 하나 만드는 데 그 속에 모델, 상호, 전화번호. 그 외에 또 뭐가 필요한가?
같은 콘셉트로 간판도 제작되었다. 간판도 포스터처럼 광고판을 얇게 오려서 구부려놓았다.

계약 기간이 지나 철거될 광고물 뒷면을 재활용해 고작 페인트 물감 한통으로 제작한 '초 저예산' 광고물.
한국예술인복지재단, 혜화역 2번 출구에 설치.

RECLAME ARTÍSTICO

9시 뉴스 앞
9시 뉴스에

갤러리가 된 공사장

에 틀지 말고
보도되게 하라.

창작광고물 노숙자로 오인

9시 뉴스 앞에 틀지 말고
9시 뉴스에 보도되게 하라

다윗과 골리앗의 싸움에서 우리는 아이디어로 승부를 봐야 했다.
대기업들이 물량 공세로 광고판을 도배해버리는 쩐의 전쟁터에서
우리는 어떻게 하면 저예산 광고주들의 존재감을 피력해야 할지
심각하게 고민해야만 했다.

답은 뉴스가 될 만큼 파격적인 광고를 만드는 것이었다.

물론 광고가 뉴스가 되려면 대단히 기발한 아이디어와 볼거리가
탑재되어야 한다. 조금이라도 재미없고 식상한 광고들은 대중들이
철저히 외면해버린다. 대신 이슈가 되면 수십억 원의 매체비를
쏟아부어 뿌리는 것 이상의 파급력이 있다.

광고는 '쩐'의 위력이 아니라 '아이디어'의 힘이라는 믿음은 나에게
종교 같은 것이다.

다른 광고 '대행사'들이 어떻게 하면 광고비를 많이 들여서
수수료를 많이 챙겨먹을까 고민할 동안에 우리 '연구소'는 어떻게
하면 더 적은 예산으로 더 큰 효과를 볼 수 있을까 연구한다. 그
첫 번째는 '비전통매체에 대한 연구'다. 이것은 광고판이 아닌 곳에
어떻게 하면 광고를 집행할 것인가에 대한 연구다. 생각만 바꾸면
세상 모든 장소가 광고판이 될 수 있다. 버려진 땅조차도.

둘째는 광고주 소유의 '맞춤형 광고채널 건립'에 대한 연구다. 이 연구는 비싼 임대료 몇 달치로 아예 광고판을 지어버리자! 하고 시작되었다. 한번 지어진 광고판은 평생 입맛대로 개조해가며 무료로 쓸 수 있다. 월세 몇 달치로 내 집을 한 채 사는 것과 같은 맥락이다. 거품 덩어리인 광고 시장에서는 충분히 가능한 이야기다.

셋째는 '시설물형(컨텐츠형) 광고물 개발'에 대한 연구다. 이것은 광고가 광고가 아닌 다른 형식을 통해 광고 효과를 보는 것에 대한 연구다. 지금까지는 주로 공공시설물이나 공공미술품 같은 형식을 빌어 그 속에 광고적 메시지와 기능을 담았는데, 이런 '탈'광고적인 접근 방식은 대중에게 거부감도 없고 광고 규제로부터도 비교적 자유롭다.

앞의 연구를 위해서는 광고가 아닌 다른 영역들에 대한 피나는 공부가 필요하고 다방면의 전문 조직과의 협업은 기본이다. 광고회사인 우리, 프로그램 개발, 영상 제작, 설계, 시공, 모형 제작 업체들 기본이고 전광판이나 IT 분야의 특수 기술 전문가들도 작업에 참여했다. 한 프로젝트에 최소 다섯 군데, 많게는 열 군데 이상의 전문 업체가 참가할 때도 있다. 그야말로 종합예술이다. 쩐의 힘, 매체의 힘, 연예인의 힘을 빌리지 않으려면 광고 그 자체가 스스로 눈부시게 빛이 나야 한다. 우리는 세상에 단 하나뿐인 광고를 만들기 위해 땀을 쏟고 있다. 연구소가 연구소라고 불릴 만한 자격을 갖추기 위해서다.

한국에서
광고쟁이로
산다는 것

광고판을 뛰어다니다 보면 인하우스 에이전시의 장벽 앞에서
한숨이 나올 때가 많다. 인하우스 에이전시란 대기업에서
운영하는 광고기획사다. 주로 계열사의 광고를 받아 운영된다.
인하우스에 가보면 재벌 2세들이 사장 자리를 꿰차고 있는
장면을 흔히 볼 수 있다. 아빠 회사 광고를 자식이 맡아서
제작해주는 꼴이다. 그러다 보니 굳이 영업을 안 해도 일감을 받을
수 있다. 계열사끼리 밀어주고 당겨주는 셈이다.
나는 운 좋게도 오픈된 사고의 엘지나 현대 같은 대기업과
글로벌 캠페인을 진행할 수 있었지만, 그 험한 장벽을 뚫고 일을
따내도 문제다. 대기업 오너들이 다른 광고사에 일을 의뢰할 때면
인하우스 에이전시가 주는 견제가 어마어마하다. 마치 안방마님

심기 건드리는 첩이라도 된 꼴이다. 아이디어만 주고 꺼져라, 돈이 많이 드는 광고물 제작이나 매체 대행은 우리가 직접 하겠다는 어이없는 소리까지 한다. 애만 낳아주고 내쫓기는 씨받이가 된 심정이다.

일감을 모두 다 인하우스한테 몰아주고 나면 나머지 광고회사들은 뭘 먹고 사나? 그나마 쥐꼬리만큼 남은 일거리들을 따내기 위해 서로 박 터지게 싸운다. 따낸 일들로 제3의 하청 광고 제작자들에게 서바이벌 게임을 시킨다. 광고주한테 배운 걸 그대로 써먹는다. 돈은 지들이 챙기고 일은 또 딴 놈한테 주는 거다. 챙기는 놈 따로 일하는 놈 따로. 이런 거지 같은 시스템 때문에 광고의 퀄리티도 떨어질 수밖에 없다.

경쟁피티나 입찰제도에도 문제가 많다. 여러 업체를 비교해서 제일 좋은 걸 뽑는다는 게 굉장히 민주적이고 합리적으로 들리지만 실은 그렇지 않다. 경쟁입찰 문화는 언제나 '갑'에게 더 큰 권한을 줄 수밖에 없다. 누가 누굴 고른다는 것 자체가 칼자루를 쥔 사람이 따로 있다는 거다. 갑 눈치 살피면 창작자가 의도하는 창작물이 온전하게 나올 수 없다. 비즈니스적으로도 끌려갈 수밖에 없다. 너 이거 하기 싫으면 딴 애 줄게라든지, 제일 싸고 제일 빨리 해주는 곳이랑 할게, 니들 말 안 들으면 그냥 여기서 끝낼까? 쥐고 흔드는 식이다.

광고를 의뢰해놓고는 힘들게 만들어간 작품을 사지 않겠다는 광고주도 많이 봤다. 갑질을 하면서 거래 도중 일방적으로 계약을 파기해 프로젝트 준비에 들어간 노력과 아이디어가 허공에 사라질 때도 많다. 이런 때는 자식처럼 배 아파 낳은 작품을 그냥 쓰레기통에 처박는 꼴이 된다. 명품에 가장 중요한 재료가 영혼인데, 이 바닥에서는 영혼 따위는 거래 대상에 포함되지 않는다. 일이 어그러져도 아이디어에 대한 보상은 기대할 수 없다. 특히 관공서의 계약 시스템은 벽돌 공사에나 적합하지 무형자산과 문화예술 창작 분야에는 말도 안 되는 조항들이 너무 많다. 하드웨어적인 가치는 인정하면서 소프트웨어적인 가치는 인정하지 않기 때문에 한번 만들어서 가지고 와보면 그때 가서 계약하겠다는 인식이 여전히 지배적이다. 마치 이건 맞춤옷집에 가서 맞춤옷 한번 만들어봐라, 괜찮으면 그때 가서 살지 말지 고민하겠다는 것과 같다. 이런 풍토에서는 장인정신을 가지고 모든 걸 다 바쳐 만든 명작이 나오는 건 불가능하다.

이 모든 아픔을 알기 때문에 우리 연구소는 반드시 선금을 받고 일에 착수한다. 사실 한국 광고계에서는 있을 수 없는 일이다. 선금은 서로에 대한 믿음, 프로페셔널에 대한 존중이다. 한국에서 광고를 하려면 아이디어와 실행력 말고도, 더러운 광고판에 물들지 않고 묵묵히 뚫고 나갈 수 있는 내공을 갖춰야 한다. 지들끼리 다 해 처먹는 인하우스 에이전시의 판, 아이디어는 그냥 끼워주는 줄 아는 광고주의 횡포, 박 터지게 싸움 붙여가며 전투 노예가 된 영혼 없는 업자들과 진흙탕 싸움을 해나갈 준비가 필요하다.

우리처럼 단칸방에서 시작해 풍찬노숙하며 온갖 짓 다 해보지 않으면 견뎌내기 힘들다. 그나마 우리 같은 새우가 고래 같은 대기업 인하우스들의 등쌀에도 살아남는 건 일당백의 정신으로 끝까지 싸우겠다는 투지 덕분이다. 물론 작품성은 말할 것도 없고.

한국에서 돈도 없고 빽도 없이 살다 보면 남는 건 독기하고 깡밖에 없다. 발언권이 없을수록 자기 권리를 찾기 위해 두 배로 영리하고 두 배로 큰 소리로 이야기해야 했다. 나보다 크고 강한 상대들과, 수많은 '안 돼'들과 정면으로 싸우는 동안 나는 어느새 싸움꾼이 되어갔다.

불청객

아무리 해외 광고계에서 실력을 쌓고 인정을 받고 와도 끝끝내
한국 광고업계에서의 반응은 냉담했다. 어느 세계에서도
마찬가지이겠지만 광고계에도 '기득권'이라는 게 있다. 어디 출신,
어느 과정을 밟아야지만 인정받는 분위기다. 어느 날 하늘에서 뚝
떨어진 시골 간판쟁이 출신인 나는 그들에게 매우 불편한 존재다.
자신들이 힘들게 쌓아놓은 룰을 깨부수어버린 나를 용납할 수
없었으리라. 그래서인지 나를 비방하는 악플들을 추적해보면
동종업계 종사자들이 많았다. 분에 못 이겨 직접 회사까지
찾아가서 난리굿을 쳐보기도 했다.

그러나 나를 씹는 광고인들이 하나만 알아줬으면 하는 게 있다.
내가 던지는 비판과 도전은 한국 광고계의 고질적 악습관과
나쁜 관행을 깨뜨려 광고판이 더 나아지길 바라는 생산적인
비판이란 것을. 다음 세대가 광고판에서 겪어야 할 분노와 좌절은
없어지기를, 광고인에 대한 대우가 더 나아지기를, 청소년의 장래
희망란이나 배우자의 희망직업란에 더 자주 많이 광고인이라는
직업이 거론되기를 바라기 때문이란 것을.

나는 이 더러운 판에 침을 뱉고 떠나기보다는 이 판을 바꾸려

한다. 우리 후배들이 광고할 때는 아이디어가 존중받고 제값을
받을 수 있는 판으로 개척하겠다고 다짐한다.

지금도 현업에서 밤새며 광고하고 있는 자들은 현실이 더럽고
힘들다고 해서 누굴 비난하거나 욕하기보다 어떻게 이 판을 더
나은 판으로 만들지 함께 고민해주기를 바란다.

'광고판이 더럽다고 욕하는 동안 나는 이 광고판을 위해 무엇을
했는지를.'

대한민국 광고 역사의 B.C. 와 A.D.

이제석 광고연구소의 철학과 원칙 그리고 광고계 개혁 계획

현재 광고판의 룰

	이제석 광고연구소의 룰
그 회사 얼마나 크니?	그 회사 작품 얼마나 좋니?
광고회사 이름 보고 맡겨	광고쟁이 이름 보고 맡겨
광고쟁이는 장사꾼(브로커)	광고쟁이는 장인(프로)
광고주가 좋아하는 광고	대중들이 좋아하는 광고
클라이언트와 주종관계	클라이언트와 협력관계
후불제, 외상	착수금 선지급
소품종 대량생산/공장형 제품	다품종 소량 생산/맞춤형 명품
사내 인력/일률적인 아웃풋	맞춤형 팀 구성/다양한 아웃풋
광고만 기획 제작	통합 브랜드 기획/관리
인하우스 에이전시	독립 에이전시
연예인 중심	아이디어 중심
복잡한 카피 중심	심플한 비주얼 중심
갑이 왕	갑 같은 을: 동등한 협업관계
고비용 저효과 전통매체	저비용 고효과 비전통매체
상품을 위한 광고	광고 자체가 상품
기획서만 잘 쓰면 땡	광고물이 좋아야지
광고 나온다 채널 돌려	광고 나온다 채널 고정
남의 나라 광고 베끼기	한국 광고의 한류화
외국에 돈 쓰고 광고 배우러 감	외국에 돈 받고 광고 가르치러 감
국내 광고제 짜고 치는 고스톱	국제 광고제 공정하게 경쟁
광고인이 뭐 하는 사람이지?	선호하는 직업은 광고인이요
광고는 공해	광고는 문화예술
돈 주고 뿌리는 보도자료	광고가 뉴스 화제거리!
매체비로 승부/ 반복 세뇌	아이디어로 승부
기업 이윤 최우선	사회적 공공선 실천
얻어내려는 광고	퍼주기 위한 광고
당장의 숫자적 성과	중장기적 브랜드 이미지 계획
골라 골라 /세일즈 광고	브랜드 이미지 구축 광고
저런 쓰레기를 누가 만들었지?	이름 걸고 광고 실명제
돈 되는 일만 열심히	연구, 교육, 공익 사업 진행
피티만 따면 광고주는 찬밥	평생 친구/애프터 서비스
형님 아우 접대 영업	작품 그 자체가 영업
이력서/스펙 중심	포트폴리오/인턴십 중심
밤샘 폐인 작업	퇴근시간 엄수 자율형 근무
인풋 없는 아웃풋/아이디어 고갈	교육 훈련/아이디어 개발
단체 회의 중심	개인 자율 연구 중심

256

호랑이는
풀을 뜯지
않는다

정체불명의 다단계 회사에서 수억짜리 프로젝트를 제안받은 적이
있다. 조사해보니 썩 좋은 놈들 같아 보이진 않았다. 그때 직원
월급도 주기 힘든 형편이었지만 안 한다고 했다. 옆에 직원이
물었다. 해놓고 그냥 우리가 했다는 말 안 하면 되지 않느냐고.
나는 했다 안 했다 대외적으로 알리는 것보다 나쁜 놈들이 잘
되는 꼴은 눈에 흙이 들어가도 보기 싫다, 그런 놈들을 돕는 것
자체가 내 귀한 재능을 욕되게 하는 짓이라고 얘기했더니 직원은
날 한심하게 쳐다보았다.

우리 연구소는 수익성보다는 공익성을 추구한다. 하지만 우리도
먹고는 살아야 한다. 상업광고를 전혀 안 하는 건 아니다. 다만
전체 업무의 약 2~30퍼센트 미만으로만 유지한다. 돈만 좇는
건 더 이상 우리가 아니다. 개울가에 조약돌처럼 흔해빠진
광고회사가 될 게 뻔하기 때문이다. 공익광고 비중을 늘 80퍼센트
이상으로 유지하다 보니 이제는 국내 NGO나 비영리기관 중
모르는 곳이 없을 정도다.

공익광고를 하면 돈을 전혀 못 받는 건 아니다. 주긴 준다. 이름을
밝히기 곤란하지만 자기네 홍보물 USB 여덟 개를 광고비로 대신

내는 사람도 있고 광고삯으로 피자 두 판을 받은 적도 있다.
NGO들 살림살이라는 게 흥부네 집 밑 빠진 독 같기 때문이다.
그래도 내가 사랑하고 존경할 수 있는 사람들과 함께 일할 수
있어서, 만들고 싶은 광고를 실컷 만들 수 있어서 배고픈 줄
몰랐고 지칠 줄 몰랐다. 예산은 작았지만 질 좋은 작품들도
많이 만들어냈다. 제작비의 한계로 표현하고 싶은 것을 제대로
표현하지 못한 것들도 많았지만.

나를 힘 빠지게 하는 일은 따로 있다. 워낙 받는 데 익숙한
사람들이라 광고를 만들어줘도 귀한 줄 모를 때다. 기껏 밤새워
만들어 갖다 바치면 쓰지도 않고 창고에 처박아둔다. 어떨 땐
구체적인 광고 계획도 없이 일단 일부터 시켰다가 매체와 예산이
잡히지 않으면 그냥 관두고 만다. 힘들게 밤새서 다 만들어
갔는데, 우리 이사장님이 별로 안 좋아하셔서, 우리 후원자님들이
싫어할까 봐 눈치가 보여서 이번 프로젝트는 그냥 취소되었다고
한다.

사람들은 싸게 만들어주면 싼 걸 받았다고 생각하고, 비싸게
만들어주면 비싼 걸 주었다고 감사하며 좋아한다.

"지금 공짜라서 이렇게 불친절한가요?"라는 말도 들어봤다.

사실은 그렇지 않다.

'착한 일을 못되게 하자'는 게 우리의 모토다. 공익광고라고
설렁설렁 만들지 않는다는 뜻이다. 우리는 100원을 받든 1억을
받든 우리 이름 걸고 나가는 모든 작품에 최선을 다해 만든다.
작품이 우리에겐 가장 큰 재산이기 때문이다.

누군가에게
신문은
이불이다

라틴어에 '프로 보노pro bono'란 말이 있다. 어감도 좋지만
'공익을 위하여pro bono publico'란 뜻도 좋다.
『뉴욕타임스』처럼 비영리단체의 광고를 무료로 실어주는 것도
거기에 포함된다. 광고쟁이가 광고를 만들고 언론사가 매체를
내주고 NGO가 후원을 받아 공익사업을 하는 완벽한 삼박자
아닌가?
내가 우리나라에서 '프로 보노'를 할 기회는 우연히 왔다.
그것도 내 고향 대구에서. 2008년 2월 말 우연히 한국에 왔다가
『영남일보』 백승훈 기자를 만났다. 일주일에 한 번씩 신문에
칼럼을 써달라는 제안이었다.
"제가 글재주는 없고 그림으로 칼럼을 쓰겠심다."
일종의 '비주얼 칼럼' 정도다. 그러면서 대뜸 지면 두 면 통으로
달라고 했다. 깜짝 놀라는 눈치였다. 지면으로 먹고사는 신문사에
공짜로 지면을 내놓으라는 것은 사실 횡포에 가까웠지만 나도
생각이 있는 놈이다.
『영남일보』는 한 면만 하면 안 되겠냐고 했다.
"약합니다. 할 끼면 하고 안 할 끼면 안 하겠심다."

나는 강하게 밀어붙였고, 『영남일보』는 어렵사리 수락했다.
첫 번째 관심 주제는 처음 한국에 돌아와 서울역에서 본
노숙자였다. 노숙자 하면 가장 먼저 '신문을 덮고 자는 사람'이란
이미지가 떠올랐다. 공원에서든 역에서든, 뉴욕에서든 서울에서든
그랬다. 세상 돌아가는 걸 보여주는 신문이 보여주지 못한 진짜
세상을 보여주고 싶었다.

카피는 명료했다.

"오늘 밤 누군가는 이 신문을 이불로 써야 합니다."

『영남일보』는 이 광고의 후원자로 대한적십자사 대구지사를
섭외했다.

이불신문의 반응은 가히 폭발적이었다. 2008년 3월 27일자로
광고가 나가자 지역 신문이 포털 사이트를 통해 실시간 검색어에
올랐다. 인터넷을 타고 전국으로, 해외로도 퍼져나갔다. 당장
그날부터 『영남일보』 편집국에는 전화가 쇄도했다.

"인쇄 사고 아니냐?" "영남일보가 갑자기 미쳤냐?" "밀린 적십자
회비를 다시 내겠다." "캠페인에 참여할 수 있는 방법을 알려달라."
"가슴이 울컥해지는 광고다."

이후에도 지역 NGO들을 차례로 섭외해 다양한 공익광고를
시리즈로 연재했다. 대한민국 최초의 광고 프로보노 운동이었다.
『영남일보』에도 훈훈한 결과가 돌아갔다. 지역신문발전위원회는
'2009 지역신문 콘퍼런스' 대상을 『영남일보』에게 수여했다.
앞으로 지역신문이 경쟁력을 갖출 방안을 모색하던 중 '사회
공헌을 통한 지역사회 기여 방안'은 획기적인 아이디어라는

평가였다.

나는 이제석 광고연구소라는 이름에 걸맞게 '광고주가 없어도 광고는 만들 수 있다', '광고는 누가 꼭 시켜야지만 할 수 있는 게 아니다'라는 것을 당당히 증명해냈다.

대한민국 광고사에서 광고가 독립적인 문화 콘텐츠의 역할을 한 것은 아마 처음이었을 거다. 독자들도 매주 '이제석의 신작광고'를 기다렸다.

양면광고가 한 달에 6~8회나 반복해 실리자 여러 기업 협찬사들도 참여해 경영적인 측면에서 일정 부분 보상도 받았다. 결과적으로 나는 언론사를 지지하고, 언론사는 비영리단체들을 지지하고, 그 단체는 지역사회에 여러 공익사업을 펼칠 수 있는 발판이 된 것이다. 내 작은 재능이 돌고 돌아 사회에 보탬이 된 셈이다.

『영남일보』를 시작으로 『한겨레』, KBS, MBC도 비슷한 방식으로 사회공헌성 프로 보노 캠페인을 우리와 함께 진행했다. 다른 언론사들도 공익광고에 무료로 지면과 매체를 할애하기 시작하고, 여러 광고대행사도 우리를 따라 사회 공헌성 재능기부를 앞다투어 시작한 것도 그때쯤이다.

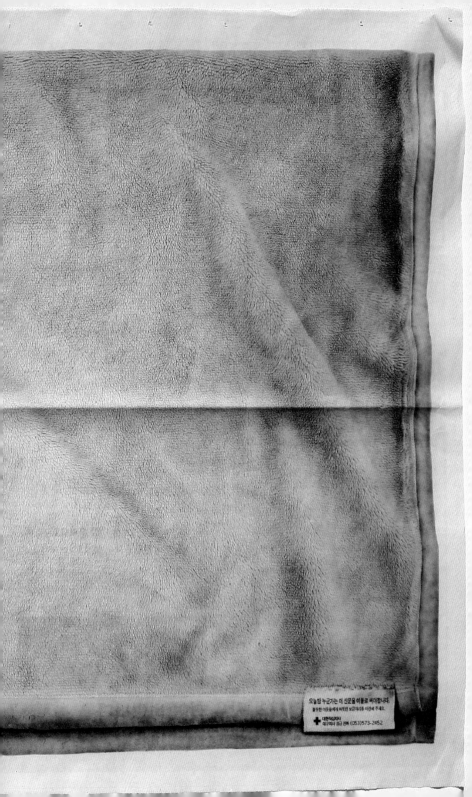

소외 계층을
위한
광고

MBC가 2011년 창사 50주년을 맞아 나눔을 주제로 한 CF
캠페인을 제안해 왔다. 방송국이고 기업이고 다들 돈독이 올라
물불 안 가리는 판에 앞장서서 공익 캠페인을 한다는 건 힘든
결정이었을 것이다.

CF 모델은 화려한 연예인들이 아니었다. 단칸 월세방에서 일 나간
엄마를 하루 종일 기다리는 일곱 살 소녀, 희귀불치병으로 시한부
인생을 사는 전직 프로게이머, 평생을 봉사하며 살았지만 지금은
빈털터리가 된 독거 할머니가 주인공이었다. 평생 스포트라이트
한 번 받아보지 못한 이들에게 우리는 과감히 카메라를 들이댔다.
연기 경험이 전혀 없는 실제 인물들을 촬영하는 건 쉬운 일이
아니었다. 30초 안에 원하는 장면을 한 컷으로 찍다 보니 수없이
NG가 났다.

은지 편에서는 은지가 일하러 가는 엄마와 이별을 하며 우는
장면을 찍어야 하는데 은지는 오히려 엄마가 일하러 가면 마음껏
TV를 볼 수 있다고 웃으며 좋아했다. 수도 없는 NG 끝에 결국
엄마가 혼자 맛있는 걸 먹으러 간다는 거짓말로 아이를 울리고
말았다. 울음보가 터지자 그칠 줄 몰랐다. 내면에 아주 오랫동안

참아왔던 깊은 슬픔들까지 아주 폭포처럼 터져 나왔다. 내가 본 울음 중에 이토록 소름 돋는 울음은 없었다. 연기가 아니었기 때문이다. 나도 같이 눈물이 났다. 우는 아이의 사진을 찍기 위해 바늘로 아이를 찔렀다는 어느 사진작가의 죄책감 어린 고백이 떠올랐다. 나를 포함한 스태프들 모두 남의 아픔을 자극한 죄책감으로 촬영을 마쳤다.

비가 억수같이 쏟아지던 어느 여름날. 두번째 편의 주인공인 장애인 프로게이머 박승현 씨의 집을 방문했을 때 우리는 방구석에서 이불 더미처럼 조그맣게 구겨져 있는 그를 한동안 알아차리지 못했다. 얼핏 보기에 개가 한 마리 엎드려 있는 것 같기도 했다. 가슴이 울컥했다.

그는 어려서부터 손가락 몇 마디 빼고는 온몸의 근육이 사라져가는 병을 앓고 있었다. 그의 유일한 낙은 움직일 수 있는 몇 안 되는 손가락으로 마음껏 컴퓨터 게임을 하는 것이었다. 열 손가락으로 게임하는 나보다 실력은 월등히 나았지만 말이다. 그가 사는 방은 너무 좁아서 카메라 화각조차 확보되지 않았다. 밖에는 그날따라 비가 철철 내리고, 사진을 찍는 내내 나와 스태프들은 눈시울을 붉혀야 했다.

그리고 얼마 전에 비보가 날아왔다. 박 씨가 오랜 투병 끝에 결국 세상을 떠났다는 것이었다. 나는 이 소식을 듣고 깊은 우울증에 빠졌다. 그동안 진짜 상황을 촬영하면서 감정이입이 됐는지, 아직도 눈에 선한 그들의 모습이 떠오르자 내가 남의 불행을 팔아서 광고를 하는 건 아닌가 죄책감마저 들었다.

TV 프레임을 창문처럼 연출한 TV광고.
우리 옆집 사는 사람들을 들여다보는 착각을 주고
싶어서 벽걸이 TV 프레임을 창문처럼 연출했다.
아마 TV 화면의 프레임을 광고의 일부로 활용한
최초의 TV 광고일 것이다. 창문으로 변신한 TV가
드르륵 열리면 창문 너머로는 이웃들의 가슴
아프고 힘겨운 삶이 펼쳐진다. 다큐멘터리 같은
영상이 끝날 즈음에는 내레이션이 나지막하게
깔린다. "TV에서나 나올 법한 사연들이 바로
여러분의 옆집에서 일어나고 있을지도 모릅니다."

자살 예방 캠페인이나 우울증, 정신 질환과 관련된 공익광고
캠페인을 할때는 감히 '똥이 새까매질 때까지 오레오를 먹으라'는
식의 감정이입 방식을 권하기가 어렵다.

지나치게 몰입한 나머지 나도 덩달아 심한 노이로제와 우울증에
시달리게 되기 때문이다. 사람이 자꾸 우울하고 슬픈 것에 대해
생각하면 우울하고 슬픈 사람이 되어버린다. 아이디어를 위해
내 몸을 문제 속으로 풍덩 빠뜨리는 게 몹시 위험할 때도 있다.
연기에 몰입해 자살한 연기자들도 문득 생각났다.

다행히 캠페인 광고가 나간 다음 NGO 단체로 후원 전화가
몰려들었다는 소식을 들었다. 그러나 나는 덜컥 겁이 났다.
갑작스러운 관심이 불러일으킬 부작용이 생각난 거다.
관계자들에게 후원금을 한꺼번에 줘서는 안 되며 이웃에 소문을
내서도 안 된다고 참견 좋아하는 시어머니처럼 신신당부를 했다.
예정에 없던 후원이 스스로를 보호할 수 없는 사람들에게 더 큰
불행을 가져오면 안 되기 때문이다. 힘든 자의 고혈을 빨려는
놈들이 우리 주변에는 아직도 많으니까.

"나는 투명인간입니다"
사회가 외면하는 불우한 사람들의 처지를 투명인
간에 비유한 설치 작품. 흔히 노숙자들이 앉는 자
리에 텅 빈 옷만 만들어 세웠다.

그림의 떡

추석 연휴 집집마다 빚어 먹는 송편 한 접시가 누군가에게는 <그림의 떡> 입니다

여러분 가족들과 친지들이 나누는 따스한 정을 주위의 어려운 이웃들과도 함께 나눌 수 있었으면 좋겠습니다

"그림의 떡" 추석날 집행된 불우이웃 돕기 신문 전면 광고.
명절날 누구나 먹는 따뜻한 송편 한 점 먹을 형편이 안 되는 사람들의 안타까운 처지를 표현했다.

사랑의 동전밭 모금 광고. 월드비전.

주는 사람에게는 작은 것이 받는 사람에게는 클 수 있음을 두 장의 포스터를 나란히 붙여 전달한다.

사랑의 열매 로고로 만든 후원 포스터 시리즈.

콩 한쪽도 함께 나누고 싶습니다.

사랑의 열매 나눔의 열매 ARS 060-700-0050

장애인 인권
문제

여러 공익광고 주제 중 가장 가슴 아픈 게 장애인 문제다. 못 배운
사람은 배우면 되고, 배고픈 사람은 먹으면 되지만, 장애를 지닌
사람은 좀처럼 나아지지 않거나 다시는 나아지지 못하는 경우가
많다. 그러나 그들 앞에서 눈물을 보이는 게 어쩌면 값싼 동정처럼
보일지 몰라서 나는 동정심 유발이나 도움을 요청하기보다는
사회제도 개선에 초점을 맞췄다.

일차적으로 장애인의 고용 차별을 건드렸다. 우리나라엔 파악된
장애인만 약 250만 명. 이들의 취업 통로는 빨대만큼이나 좁다.
청년 실업 문제는 저리 가라다. 일할 기회를 주기는커녕 아예
직원으로 채용할 마음이 없다.

그 완고한 마음에 가벼운 균열이라도 주고 싶어 이력서를
만들었다. 그 이력서에서는 다운증후군 환자의 선명한 얼굴 사진
말고는 어떤 글자도 눈에 안 들어올 정도로 흐리게 처리했다.
멀쩡한 글씨를 읽지 못하는 것이야말로 진짜 장애 아니냐는
의도를 담은 것이다. 카피는 이렇게 적었다.

"편견의 눈으로는 재능을 볼 수 없습니다."

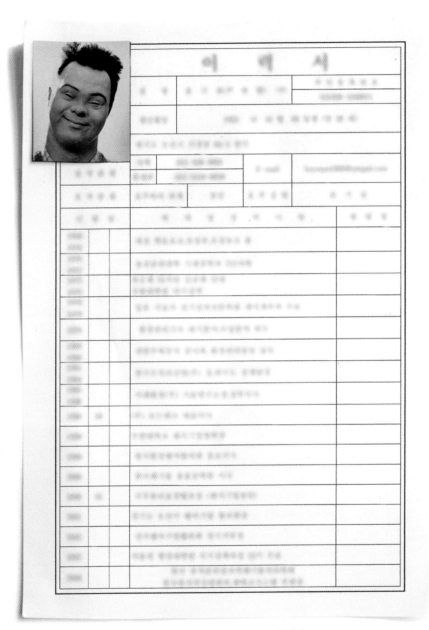

편견의 눈으로는 재능을 볼 수 없습니다.

장애우들에 대한 우리사회의 차별이 그들의 사회 진출의 걸림돌이 되지 않게 도와주세요.

세계의 천재 물리학자 스티븐 호킹박사가 한국에서 태어났더라면,
그가 과연 스티븐 호킹일 수 있었을까요?

장애를 극복한 위대한 여성 헬렌켈러가 한국에서 태어났더라면,

그녀가 과연 헬렌켈러일 수 있었을까요?

한 여성 단체에서 지적 장애인 여성의 성폭력 피해 방지 캠페인
작업을 의뢰받을 때쯤 우연히 「도가니」란 영화를 봤다. 장애
학생들을 상습적으로 성폭행한 학교의 실화를 다룬 이 영화를
보면서 피가 끓어오르는 분노를 느꼈다.

그냥 잊혀질 뻔한 사건이었는데 영화 한 편으로 이슈가 되어
가해자들이 처벌받고 여러 제도적 장치가 마련되었다. 영화나
소설 한 편이 세상을 바꿀 수도 있다는 걸 절감했다.

광고쟁이로 살면서 세상을 바꾸는 광고 한 편은 만들어야 할 텐데
싶었다. 그래서 말도 안 되는 비용을 받고 우리 돈 써가며 촬영에
임했다.

이 광고는 경찰이 장애인 성폭행 피해자 진술서
를 받는 과정을 그린 다큐멘터리식의 영상물이
다. 피해자가 성폭행 심문 과정에서 무조건 "예.
예. 예. 예. 예……"라고 똑같은 대답만 늘어놓는
데 처음에는 상황이 좀 이상하다고 느끼다가 나
중에 가서야 피해자가 지적 장애인인 것을 알아
채게 하는 의도였다.

성폭력 피해자 진술조서

이 름   주민등록번호
피의자   에 대한
피해사건에 관하여   2011 . 12 . 16 .
                     에서 임의로 아래와 같이 진술하다

문   진술인은 2011.0.00경 일어난 서울 용산구 성폭력 사건 피해자   씨가 맞습니까? 예

답

문   사건 당일, 피의자가 진술인의 집을 무단침입하여 강제로 성관계를 요구한 사실이 있습니까? 예

답

문   진술인은 당시 피의자의 얼굴을 기억한다면, 그에 대해 구체적으로 말하시오. 예

답

문   진술인은 성폭력 피해자인 당사자가 맞습니까? 예

답

문   진술인은 성폭력 피해자인 당사자가 아닙니까? 예

답

문   그렇다면 피의자   씨와의 성관계는 서로 합의하에 이루어진 겁니까? 예

답

문   진술인은 이 사건으로 발생한 정신적, 육체적 피해는 없습니까? 예

답

문   그럼 진술인은 이 사건의 고소취하에 동의하십니까? 예

답

문   <u>여러분은 이 여성의 억울함을 외면하실겁니까?</u>

한국여성재단은 여러분의 후원으로 지적장애여성들을 위한 제도개선과 보호에 적극 앞장서고 있습니다. 02.336.6463
후원금 전달 : 국민 079-25-0041-019 예금주 한국여성재단

"당신의 걸음이 누군가를 걷게 합니다"
발목지뢰피해자들에게 의족을 기부하기 위한 걷기운동 행사포스터, 대한적십자사.

장애인 투표 시설 확충을 위한 캠페인.
광고교육원생들과 공동제작.

어린이와 청소년을
위한 광고

가정 폭력 캠페인을 준비하면서 발견한 놀라운 사실이 있다.
대부분 가정 폭력의 가해자들이 원래는 피해자였다는 사실이다.
가정이나 학교에서 일어나는 아동 폭력은 단순히 아이를 괴롭히는
것으로 끝나지 않는다. 폭력을 봄으로 식섭 배운 이 아이들을
결국 범죄자로 키워내는 가장 손쉬운 방법이다. 아이들은 뭐든
스펀지처럼 잘 보고 배우니깐. 작은 악의 씨앗이 커서 어떤 다른
모습의 폭력으로 자라날지는 아무도 모를 일이다.

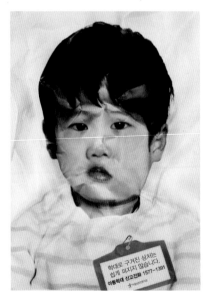

아동폭력 근절 포스터 캠
페인 시리즈
구겨진 마음의 상처를 표
현하기 위해 포스터를 실
제로 구겨서 부착했다. 이
때 포스터의 구김으로 인
해 아이들의 표정이 다양
한 방식으로 일그러졌다.
광고교육원생들과 공동 제
작.

마음의 상처는

지워지지 않습니다

아동학대 신고상담 1577-1391

아동보호전문기관은 아동복지법 제 45조에 의거하여 설치/운영되는 기관으로 전국 46개가 있으며 학대 받는 아동에 대한 신고접수, 상담치료, 예방 교육 및 홍보, 홍익인 등 학대피해아동과 가정을 지원하기 위한 아동보호사업을 펼치고 있습니다.

어린 마음에 한 번 남으면 평생 지워지지 않는 상처를 표현하기 위해 카피 글씨를 종이 위에 한번 써보고 다시 지우개로 지웠다.
한 번 더럽혀진 깨끗한 도화지는 다시 깨끗해지기 어렵다는 점을 시각적으로 표현했다.

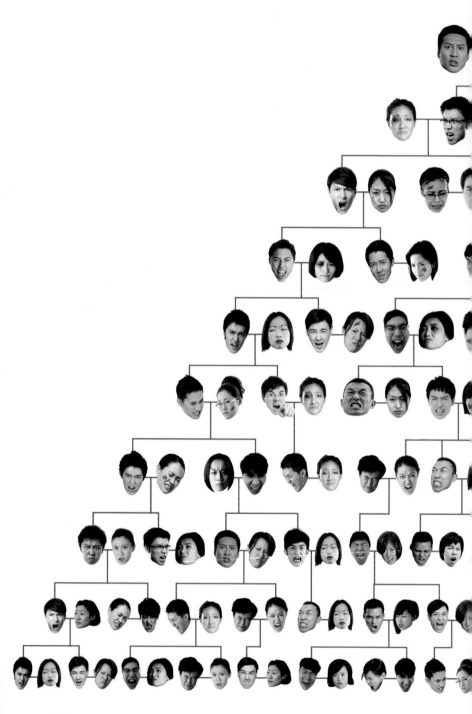

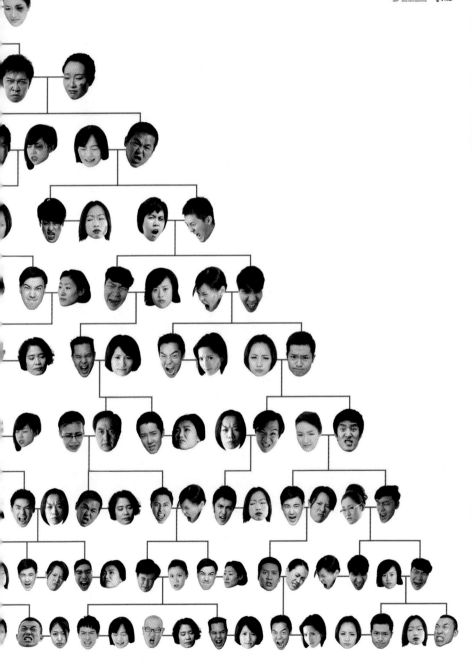

"Child Pot 어린이가 미래다"
자라나는 아이들을 새싹처럼 보호하자는 의미가 담긴 어린이재단 광장 앞 설치 조형물.

아이들은 어른들의 거울입니다.

"아이들은 어른들의 거울입니다"
실제 어린이 크기의 거울 디자인.

기아와 식수
문제

난 늘 몸으로 깨지고 부딪쳐 배우는 편이다. 2009년 여름,
국제구호단체 월드비전의 초청으로 7박 8일간 아프리카 우간다를
돌고 왔다. 할 일이 태산같이 밀려 있었고 만만치 않은 여정이
망설여졌지만 눈으로 직접 보고, 몸으로 직접 체험해야만 평생
해나갈 작품도 훨씬 더 딴딴해질 수 있겠다고 생각했다. 아이디어
얻으러 거기까지 갔느냐고 타박하신다면 아니라고 말하지는
않겠다. 아이디어뿐 아니라 생생한 이미지 소스도 얻고 싶었다.
우간다는 듣기 좋은 말로 생명의 땅, 아프리카의 진주라고 하지,
내 눈에는 솔직히 개똥 같았다. 내가 방문한 지역의 우간다
사람들은 사는 게 정말 말이 아니었기 때문이다. 월드비전은
아프리카의 기아, 질병, 식수, 교육 문제를 알 수 있도록 일정을
짰다. 가는 곳마다 후원자들 눈물을 쏙 빼놓을 프로그램이었다.
아이디어는 관찰에서 나온다. 힘든 일정이라 눈이 저절로
감겼지만 나는 애써 두 눈 부릅뜨고 아프리카를 관찰했다.
내가 후원하던 '알리'라던 아이의 집을 방문할 때였다. 이
마을에선 후원자가 오면 아이들이 한 100명쯤 나와서 춤을
추며 반갑게 맞는다. 세리머니가 끝나자 알리의 엄마가 손님

프리카 방문. 학교에 들러 짧게 미술 수업을 했다. 자신이 가장 좋아하는 것과 싫어하는 것을 그려보게 했는데, 믿지 못할
큼 학교와 공부에 대한 열의가 대단했다. 가장 싫어하는 것은 뱀과 질병에 관한 것들이었다.

대접한다며 없는 살림에 큰맘 먹고 죽을 쑤어 왔다. 개울가에
흐르던 그 뿌옇고 더러운 물로 만든 정체 모를 죽 그릇을
받아들었을 때는 덜컥 겁이 났다. 담당 가이드가 현지에서는
절대로 물을 마시지 말라고 당부하던 게 떠올랐다.

하지만 세상일이 마음먹은 대로 돌아가던가. 아프리카로 오기
전에 말라리아부터 온갖 풍토병 예방접종까지 마쳤지만 쫄
수밖에 없었다. 음식을 사양하면 예의에 어긋나는 법. 웃으며
건네는 그 죽을 차마 거절할 수 없었다. 나는 그 자리에서 죽 한
그릇을 비웠다. 음…… 그 맛은 드셔봤는지 모르겠지만 꼭 도배할
때 쓰는 풀을 먹는 맛이었다. 뱉고 싶었지만 그럴 수 없었다. 그건
더더욱 예의에 어긋난다. 꾹 참고 한 그릇을 다 먹었다. 그리고
한 그릇을 더 권했으나 다음 일정을 핑계로 황급히 도망쳐 나와
달아났다.

아프리카에서 돌아온 뒤에도 나는 한동안 그 가난하고 참혹하고
해맑고 원색적인 이미지에서 놓여날 수 없었다. 급기야 그전에
제작했던 작품들이 싫어지기까지 했다. 그동안 머리로만 이해하고
손으로만 만든 거 아닐까. 가슴으로 다가가야 하는데. 진짜배기를
만들어야 하는데.

나는 아직도 보건소 앞에서 우는 아이를 안고 있던 한 엄마의
얼굴을 잊을 수 없다. 약을 얻으려고 몇 시간을 땡볕에서
기다렸는데 알고 보니 보건소 약통 속에는 약이 없었다.
길에서 만난 한 아기는 엄마 품에 안겨 젖을 빨기 위해 안간힘을
썼지만 못 먹어서 그런지 젖이 말라 나오지 않았다. 아기에게 젖을

주고 싶은데 젖이 안 나오는 엄마의 마음은 어땠을까?

배가 풍선처럼 부풀어 있는 아이들, 맨발로 다니는 아이들이
수두룩했다. 가이드 말로는 못 먹어서 복수가 찼단다. 난 너무 잘
먹어서 배가 나온 요즘의 아이들이 생각났다. 신발이 없어 발에 난
상처에서 기생충 같은 게 자라는 아이도 있다. 개중에는 페트병을
쭈그려 신고 다녔다. 형편이 좋아선지 나빠선지 어떤 아이들은
타이어를 찢어서 고무신 삼아 끌고 다녔다. 기발한 발상이었다.
나는 아프리카에서 돌아와 미친 듯이 아이디어를 쏟아냈다. 좋은
아이디어는 진심이 담겨야 나온다. '진심'이야말로 최고의 작품
소스이기 때문이다.

There's enough water in here
to last an entire village for a whole year.

International
Red Cross

"이 물탱크의 물은 어느 마을의 1년치 식수입니다"
국제적십자를 위한 식수 지원 옥외 광고.

"아프리카에 더 많은 물을"

식수대에 물을 틀 때마다 아프리카 대륙에 물이 쏟아져 내린다. 우리가 깨끗한 물을 마실 때 그렇지 못한 사람들도 함께 생각하자는 의도에서 만들었다.

식수 문제를 알리는 종이컵 디자인.

어떤 엄마들은 쇼핑을 하러 수십 리를 다니고, 어떤 엄마들은 마실 물을 찾아 수십 리를 다닙니다.

당신이 건강을 위해 열심히 뛰는 동안, 누군가는 물 한 모금을 구하기 위해 땀 흘려 뛰고 있습니다.

식수 지원 사업을 홍보하는 스탠드 사인.
빨대를 물고 있는 아이가 그려진 스탠드 사인이
도시 곳곳의 구정물이나 진흙탕에 세워져
마치 아이가 더러운 물을 마시는 것처럼 보인다.

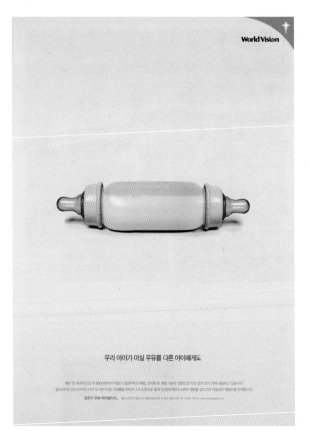

"세상 모든 아이들을 우리 아이들처럼"
나눔의 의미로 주둥이가 두 개 달린 젖병과 백신병을 생각해봤다.

연장이 아닌.

연필을 쥐여주세요.

이것이 없은 개발 도상국가들이 어린이들은 학교를 가서 공부고 고린 노동을 하여합니다.
할드비전은 그들이 학업에 전념할 수 있도록 희망과 학교보기 사랑에 깁행이고 있습니다. 후원문의 (02) 783-3984

"연장이 아닌 연필을 쥐여주세요"
아동 노동 착취 반대 광고.

297

범죄와 치안
문제

"경찰청입니다. 이제석 씨 맞나요?" 다짜고짜 이름을 묻는 경찰의
전화에 나는 움찔했다. 대한민국 사내라면 누구나 그렇듯 나도
경찰과는 안 좋은 추억이 있다. 근데 파출소도 아니고 경찰청에서
웬일이지? 덜컥 겁이 났다.

전화를 걸어온 사람은 경찰청 소속 홍보실 담당자였다. 난데없이
나를 홍보자문위원으로 위촉해서 여러 가지 도움을 받고 싶다고
했다. "국민과 소통하는 경찰이 되자고 그러는 겁니다."

경찰들 하는 일이 그렇고 그런 일인데 이미지 개선은 쉬울 리 없고,
당시 연달아 터지는 흉악 범죄에 배 터지도록 욕을 먹을 때였다.
죽어라고 해봤자 욕만 먹는 일선 경찰관들 사기나 좀 올려달라는
말로 들렸다.

나같이 틈만 나면 룰을 깨려는 족속과 룰에 살고 룰에 죽는
경찰이 무슨 인연이 있을까?

'보수적이고 근엄한 조직이 크리에이티브를 발휘한다면 그건
뉴스거리다!'

순간 내가 이 딱딱한 조직을 조금이라도 바꿔놓을 수 있을 것
같다는 생각이 번개처럼 들었다. 세상이 바뀌려면 공무원들

사고가 바뀌어야 한다는 믿음이 있었다.

"네 하겠습니다." 나는 즉석에서 오케이를 했다. 기왕 하는 거 뽕을 뽑자 싶어 내가 경찰청 홍보자문위원으로 위촉되는 날을 디데이로 삼았다. 죽여주는 아이디어로 소름을 돋게 하리라!

청장을 비롯해 경찰 고위 간부가 모두 모이는 자리에서 빵 터뜨릴 작정이었다. 제복을 빼입은 근엄한 경찰 간부들 40~50명의 마음을 움직이기는 힘들 터였다.

실제로 그날 분위기는 아주 엄숙하고 살벌했다. 나를 째려보는 경찰 수뇌부들의 얼굴은 험상궂고 떨떠름했다. 어디서 굴러먹다가 온 놈이 감히 경찰 앞에서 경찰에 대해 떠드나 하는 표정들이었다. 청와대 대통령 앞에서 의견을 발표할 때보다 더 살 떨리고 긴장됐다.

나는 사전에 현직 경찰들을 상대로 온갖 탐문 수사(?)를 벌인 대로 경찰의 애환을 쓰다듬으면서도 잘못된 점은 강도 높게 비판했다. 속으로는 엄청 쫄아 있었다.

"그만!"

프리젠테이션 도중 경찰청장이 갑자기 소리를 버럭 지르며 내 연설을 잘랐다.

'아픈 부분을 너무 적나라하게 찔렀나?'

등에서 식은땀이 흐르고 온몸에 쥐가 났다.

"다들 뭐하나? 녹화시켜서 전국 경찰서에 틀어!"

청장은 내 이야기를 비디오로 녹화해 전국 경찰들에게 보여주라고 지시했다.

경찰 간부들 앞에서 경찰 홍보에 대한 브리핑을 하는 장면.

"휴⋯⋯."

이때다 싶어 나는 준비해 간 첫 번째 시안을 짜잔 하고
들이밀었다. 경찰서 벽면에 그려진 한 장의 올빼미 그림이었다.
경찰들은 이게 뭔가 싶어 눈이 휘둥그레졌다. 낮에 아무렇지도
않던 올빼미 사진을 다음 슬라이드로 넘기자 밤에 눈에 불이
번쩍 켜진 사진이었다. 올빼미 눈 부분을 경찰서 창문과 겹쳐지게
처리해 야간에 경찰서 창문에 불이 켜지면 올빼미 눈에도 불이
켜지는 아이디어였다.

그 옆에는 "안심하고 주무십시오. 경찰은 24시간 잠들지
않습니다"라는 카피를 썼다. 우리가 두 발 뻗고 편히 잘 수 있는
건 밤에 올빼미처럼 깨어 있는 사람들이 있어서가 아닌가.
술에 절어 새벽 거리를 배회하던 경험이 이렇게 쓰일 줄은 나도
몰랐다. 걸음도 못 가눌 만큼 취했으면서도 이상하게 내 눈엔
동네 파출소의 불 켜진 창이 들어왔다. 나 같은 놈들 때문에
밤잠 못 자는 경찰관들이 한편으론 따분하고 한편으론 안쓰러워

보였던 것일까. 아니면 고맙기라도 했던 걸까.

이 아이디어는 발표석상에서 바로 채택돼 곧바로 설치물을 걸 건물 수배로 이어졌고 머지않아 강남경찰서가 낙점됐다. 여러 단계의 논의 과정을 거치다 보면 아이디어가 탈색되고 작업 기간이 늘어지기 십상인데, 청장의 결단으로 그 과정이 생략된 것이다. 군대식 조직과 일하면 좋은 게 이런 거다. 설득은 어렵지만 한번 결정 나면 저돌적으로 반드시 실현한다.

경찰은 24시간 잠들지 않는다는 말을 경찰 입으로 직접 했다면 "그럼 니네들이 당연히 그렇게 해야지! 무슨 생색이야?"라고 대중들이 거북해했을지도 모른다. 그러나 누구나 알고 있는 뻔한 사실을 신선하게 표현했다는 호평이 이어졌다.

좋은 광고에는 발이 달렸다고 했나? 이 설치물은 우리가 보도자료를 뿌리기도 전에 전국 신문과 방송에서 대서특필했다. 시민들 눈에도 잘 띄어 그 일대의 랜드마크가 됐다.

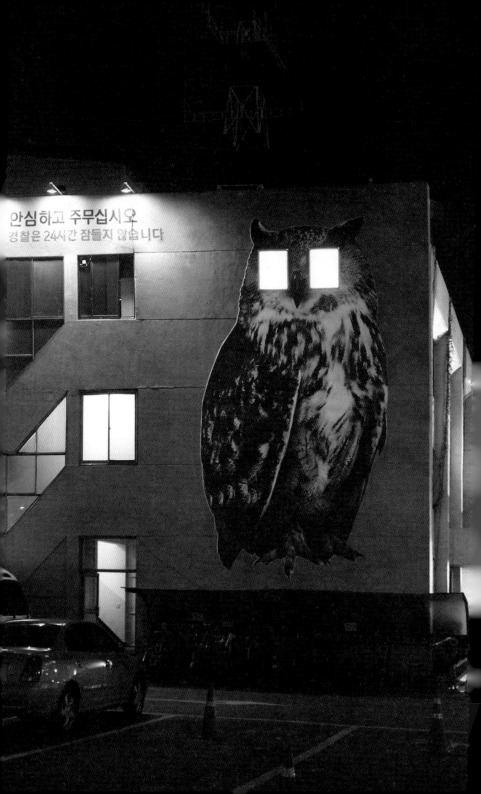

경찰서는 술집이 아니니 제발 술 먹고 찾아오지 말라는 이 이야기는 실제 지구대에서 야간 근무하던 서성영 순경이 낸 아이디어다. 술 먹고 주정 부리는 취객들의 난동으로 경찰서 지구대의 밤은 오늘도 수난의 연속이다.

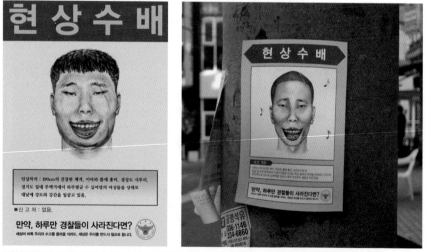

경찰이 없으면 세상이 어떻게 될까? 하는 상상에서 만들어졌다. 경찰 없는 세상엔 범죄자들이 활짝 웃고 있다.

고장 난 전광판을 재활용한 옥외광고

지은 지 10년이 넘은 경찰 박물관 외벽에 설치된 고장 난 전광판을 피켓 사인으로 재탄생시켰다.
하단의 경찰 이미지는 고정되어 있고, 상단의 피켓 사인은 교체 가능하다.
첫 번째 학교폭력 예방 광고물에서 '빵셔틀'이라는 다소 생소한 신조어를 쓴 이유는 젊은 세대와의
공감대를 형성하고 기성세대에게는 궁금증과 관심을 유발하기 위한 전략이었다.

"총알같이 달려가겠습니다" 부산 대연동 (구)남부경찰서.
실제 경찰차와 찢어진 철판으로 제작(약 가로 50m x 세로10m).

'새총' 편. 부산 해운대 좌동 지구대.
경찰서 앞에 새워진 새총 모양의 나무 모형에는 기다란 고무줄이 걸려 있고 그 고무줄은 경찰서
창문 안으로 연결된다. 새총처럼 빠르게 출동하겠다는 경찰의 의지를 표현했다.

'할 일을 잃은 슈퍼히어로들' 편, 부산 서면 지하철 일대.
악당을 물리치는 슈퍼히어로들이 할 일이 없을 만큼 부산은 부산 경찰이 잘 지키겠다는
의지를 담았다.

환경
문제

덴마크 코펜하겐에서 열린 제15차 유엔기후변화협약 총회
행사장에 나는 커다란 똥 사진을 걸었다. 사진 속에는 거대한
코끼리 똥과 그 옆에 불만에 가득 찬 표정으로 제 몸집보나 수십
배나 큰 똥을 치워야 하는 참새를 그렸다.

"Small countries can't clean it all. Large countries must take
charge." 점잖게 말해서 '많이 싼 놈이 많이 치우라'는 얘기다.
오염물은 코끼리 똥만큼이나 엄청나게 배출하면서 해결책 찾는
데는 미적거리는 나라들, 특히 미국, 중국 같은 강대국들이 제발
정신 좀 차리라는 말이다. 당시 총회에서 뜨거운 감자가 환경오염
부담금 문제였으니 시의적절한 메시지였다.

코끼리 똥 시안을 환경재단에 처음 보여줄 때만 해도 나는
반신반의했지만 꼭 해낼 거라는 희망이 있었다. 이순신 장군상에
방독면 씌워놓고는 대기오염으로 나 죽겠다고 그러질 않나,
고층 건물에서 스모크탄 터트리고 내려오면서 자연을 살리자고
울부짖는 단체니 말이다. 환경재단은 시안을 보자마자 무릎을
치며 좋아했고 우리는 망설임 없이 거대한 똥을 싸들고 덴마크로
향했다.

국제적인 환경 회의가 열리는 곳이라 게릴라 시위대가 자주
출몰하고 테러 위협도 있어서 경비가 삼엄했다. 워낙 시위가 잦다
보니 단체마다 예약제로 공간을 배정하는데, 행사 주최 측은
가급적이면 얌전하고 건전한 것들만 허용했다. 우리에겐 기회가
올 리가 없었다.

그러나 환경재단이 어떤 곳인가. 실례되는 말이지만, 한다면
하고야 마는 '데모꾼'들 아닌가. 우리는 즉각 행동에 들어갔다.
경비가 없는 틈을 타 행사장 중앙 가장 높은 구조물 위에 올라가
거대한 똥 그림을 내걸었다.

그림이 걸리자 '올 킬'이었다. 행사장을 오가던 사람들의 시선이
일제히 집중됐다. 그림 아래에서 식사와 차를 즐기던 사람들도
숟가락을 떨어뜨렸다. 플래시가 팡팡 터지고, 좀 보태서 말하면

우레와 같은 박수가 터져 나왔다. 화가 난 경찰들이 즉시 달려와 우리 팔을 꺾고 몸을 밀치며 격렬하게 저지시켰다. 우리는 하는 수 없이 철수했다. 까딱하다간 쇠고랑을 차고 고국으로 돌아오지 못할 뻔했으나 현장에서 잘 무마됐다.

그것으로도 아쉬워 우리는 준비해 온 작은 사이즈의 똥 그림을 행사장 전체에 도배하듯 붙이고 다녔다. 각국 외신들은 인터뷰를 따려고 앞다퉈 우리를 데려가려 했다. 참새가 코끼리에게 깔끔하게 한 방 먹인 것이다.

세상에는 수많은 식상한 환경광고가 있다. 북극곰이 먹을 게 없네, 펭귄이 걸어 다닐 곳이 없네 하면서 이쁜 소리만 하는 캠페인은 소용없다. 공익광고를 만들 때는 도덕이나 양심, 의무감 따위에만 호소해서는 안 된다. 당장 우리한테, 우리 자식한테 어디가 어떻게 좋은지 나쁜지를 톡 까놓고 말해야 한다.

환경문제는 공익광고 중에서도 실로 중요하고 기본적인 주제다. 환경문제가 바로 질병이나 기아, 식수 고갈, 에너지 문제, 국가 간의 분쟁과 같은 다른 문제로 이어지기 때문이다. 또한 가장 복잡하고 어려운 주제이기도 하다. 환경문제에 대해 깊이 파고들면 들수록 나무를 심는 게 먼저냐 열매를 따 먹는 게 먼저냐는 어려운 질문에 봉착하게 된다. 순수한 의도에서 환경 운동을 해도 정치적 오해를 사기 십상이기도 하다.

그러나 좀 거칠고 투박하긴 하지만 따뜻한 온정이 있는 여러 환경 운동가들과 함께 살아 있는 동안 환경문제에 대해 깊이 고민할 작정이다.

코펜하겐 총회장 전체를 뒤덮은 코끼리똥 포스터.

"한 그루의 나무도 소중히"
브라질 밀림보호단체를 위한 포스터 디자인.

"숲이 있는 곳에 동물들도"
환경재단과 서울랜드가 주최한 환경 광고. 동물들이 그려진 그래픽 출력물이 나무에 부착되었다.

건전지 디자인을 패러디해서 만든 재활용 쓰레기통 디자인.
쓰레기도 잘 모으면 에너지가 될 수 있다.

'환경보호' 주제의 코바코 공익광고제
공모전 포스터.
광고인들의 연필 끝에서 푸른 숲이
만들어질 수 있음을 연출했다.

환경재단 소식지 표지 디자인.
재활용 종이로 만들었다는 점을 보여주기
위해 폐휴지들을 압축하여 찍은 사진을
표지디자인으로 썼다. 한 권의 책 자체가
폐휴지 덩어리처럼 보이도록 연출되었다.

317

아빠, 우리 큰차타요.

5만 마력 배기통에 운전수까지 딸린 차로 당신의 가족을 편안히 모셔다 드리겠습니다.

출퇴근길은 대중교통으로! STOP CO₂ GO ACTION.

환경재단과 서울시가 공동 주최한 대중교통 이용 장려 포스터.
관점만 달리하면 세상에서 제일 크고 편한 차가 바로 대중교통이란 점을 아이의 시각에서 만들어졌다.

"당신이 환경을 지키는 파수꾼입니다"
쓰레기통 아래에 설치된, 미국 환경단체 The Nature Conservancy를 위한 광고물.

국가를 위한
광고

2014년 소치 동계 올림픽에서 러시아 국적으로 귀화한 한국
선수가 러시아 국기를 흔들며 금메달을 목에 건 일이 있었다.
부진한 성적을 면치 못한 한국팀과 한국 응원단들은 씁쓸한
표정으로 이 광경을 지켜봐야 했다. 사실 이번이 처음도 아니었다.
추성훈 선수는 2002년 부산 아시안게임에서 일본 국적으로
금메달을 딴 적이 있었다.

이 일들을 나와 비교하기까지 하는 이들도 있다. 한국을 떠나서
외국에서 인정받은 점에서는 비슷하기도 하다. 한때 나를
인정해주지 않는 나라를 죽도록 미워해본 적도 있다. 오죽했으면
편도 비행기만 끊어서 갔을까?

미국에서 만난 한국인 중 한국을 마음속에서 지운 사람들도 많이
만났다. 한국말을 전혀 쓰지도 않고 한국 사람과는 어울리지도
않는 사람도 있었다. 무슨 수를 써서라도 자신과 자녀의 미국
시민권을 따는 게 목표라고 했다. 자신이 한국인인 사실이
부끄럽다고도 하는 이들도 적지 않게 보았다.

나도 한국이 미워서 떠났지만 그곳에서 애국심이라는 걸 처음
느꼈다. 인종, 언어, 외모, 국적, 모든 게 차별의 대상이었다. 차별을

아빠, 우리
태극기 달아요.

국가보훈처 국기 계양 장려를 위한 옥외광고.
건물 외벽의 태극기를 활용해 하단의 이미지들과 같이 시즌별로 다양한
목적의 광고물을 설치하도록 제작했다.

떠나 찾은 그곳에서 종종 더 큰 차별과도 마주했다. 나더러 북에서 왔느냐고 묻지를 않나, 아직도 한국을 전쟁이 막 끝난 개발도상국이라고 생각하는 사람도 많다.

그에 대한 반발심이었나? 일종의 오기 같은 게 생겼다. 한국놈도 이 정도는 한다, 한국에도 잘난 놈들이 있다는 걸 보여주고 싶어 이빨을 꽉 깨물고 살았다. 외국에 나가면 모두들 애국자가 된다고 했던가? 미국에 좀 적응하고 나서부터는 어디 가서도 한국말, 태극기, 한국 음식에 대해 목소리를 높이고 다녔다. 부모가 무능력하다고 해서 버리거나 다른 집에 가서 살 수는 없는 일 아닌가? 조국은 미우나 고우나 부모와 같은 거다. 나는 나의 하나뿐인 조국 대한민국을 사랑한다.

잘못된 일들에 궁시렁거리고 욕하기는 쉽다. 그러나 더 나은 방법을 찾아 실천하는 건 어렵다.

세상은 저절로 바뀌지 않는다. 바꾸기 위해 노력해야 한다. 컴퓨터 앞에 앉아 세상에 대해 욕만 할 것이 아니라, 이 나라를 더 좋은 세상으로 만들기 위해 나는 지금껏 무엇을 했고, 무엇을 할 수 있을까를 곰곰히 생각해볼 필요가 있다.

"도를 잃으면 나라를 잃는다" 독도 방문 경유지인 울릉도 도동항. 울릉도 농협지부.

│ 광고판에는 독도 사진이 붙어 있고, 그 밑으로는 대한민국 지도가 물에 잠긴 듯 벽화로 그려져 있다.

⊏는 대한민국의 빙산의 일각이며, 독도를 잃으면 모든 걸 잃는다는 점을 시사한다.

"일본의 최신식 전쟁 무기를 팝니다"
경매 사이트 이베이Ebay에 올려진 권총모양의
일본 역사 교과서.
일본 정부의 교과서 왜곡에 숨은 속셈을 고발하는
작품. 교과서 왜곡은 다음 침략전쟁의 발판이 될 수
있음을 암시하는 작품이다.

한국 땅에서 우리끼리만 오손도손 사이좋게 잘 지내자고 한다고
사회질서와 평화가 유지되지는 않는가 보다. 동북아시아
지역에서의 한국은 늘 북한, 중국, 일본과의 관계가 삐걱거린다.
그런 이유로 나는 공익광고의 영역을 국내에서 점차 국제사회로
확대하고 있다. 국내 정치에는 누구의 편도 들지 않고 중립적
입장을 취할 생각이지만 국제 정치판에서는 한국의 국익을 위해
목소리를 높일 생각이다.

"독도 지킴이 티셔츠"
'대한민국에는 4천 9백만의 독도수호대가 있습니다'라는 카피 문구와 함께 망원경이 가슴에 그려져
있다. 뉴욕 등지에서 배포되었다.

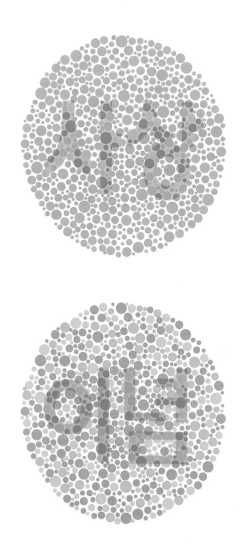

"아이들은 정치색맹입니다"
한겨레와 우리민족 서로돕기운동이 공동 주최한 북한 어린이 돕기 캠페인.

"미사일 대신 옥수수를MEALS NOT MISSILES"
뉴욕 워싱턴 포스트지에 실린 북한 핵미사일 반대 캠페인.
북한의 미사일 발사대에 미사일 대신 대형 옥수수가 그려져 있고 그 아래에는 '옥수수 먹으라고 준
돈 다 어디에 썼나?'라는 북한 정권을 비판하는 내용이 담겨져 있다.

"어떤 아이들은 감옥에서 태어납니다"
북한 정치범 수용소의 인권실태를 고발한 설치미술 작품.
감옥처럼 형상화한 요람 속의 모형 아이가 사람이 지나다닐 때마다 울음을 터뜨린다.
요람 뚜껑에는 북한의 인권실태와 정치범 수용소를 고발하는 내용이 적혀 있다.
2014 스위스 제네바의 유엔 본부에서 열린 유엔 인권위원회 회의장에 설치됐다.

공익광고란
무엇인가?

공부를 하자, 담배를 끊자, 한 줄로 서자. 듣기 싫은 잔소리들이다.
그런데 몰라서 안 하나, 알고도 안 한다. 쓰레기 버리는 게 나쁜지
몰라서 버리나? 담배가 몸에 해로운 줄 몰라서 피우나? 투표를
하면 좋지만 발길이 안 떨어지는 건 어떡하나? 다 맞는 말이지만
받아들이지 않는 경우가 많다. 사람들은 옳다고만 해서 무조건
따라가주지 않는다. 나는 머리로 이해가 안 되는 부분들은
가슴으로 이해시키는 '통역자'로써의 사명감을 갖는다.

예산을 더 늘려! 기관을 더 지어! 관련 법규 만들어!

사람들은 문제를 물리적으로만 해결하려는 경향이 있다. 그러나
세상에는 물리적으로는 해결할 수 없는 문제가 더 많다. 전기가
부족하다고 끝없이 전기를 생산해낼 수 있나? 아끼는 게 답이다.
모두 큰 집에서 살고 싶다고 땅이 무한히 커질 수 있나? 작은 집에
살아도 행복하다고 느끼는 게 답이다. 눈이 작아서 콤플렉스인가?
눈을 칼로 찢는 게 아니라 작은 눈이 섹시하다고 느끼는 게 낫다.
세상의 모든 고통, 갈등, 문제의 원인은 절반 이상은 사람들의
인식과 관련이 있다. 잘못된 편견, 오해, 고정관념이 그 원인이다.
갈등의 해결책은 바로 우리 머릿속에 있다. 인식이 바뀌면 행동이

바뀌고 문화가 생기고 결국 세상이 바뀐다.

광고는 언론이나 교육이 할 수 없는 말도 할 수 있다. 언론은 주관과 감정이 개입될 수 없지만 광고는 가슴으로 소통하는 기술이다. 더 배우고 더 똑똑한 놈도 하기 힘든 이야기를 광고인이 해내기도 한다. 소방관, 경찰, 의사만이 생명을 구하는 게 아니다. 모금 캠페인 같은 걸 보면 공익광고도 충분히 할 수 있다는 것을 알게 된다.

처음 총구가 자기 머리를 겨냥하는 반전 캠페인을 만들 때 나는 덜컥 겁을 먹었다. 광고 하나 때문에 세상이 그렇게 발칵 뒤집힐 줄은 몰랐다. 광고가 국가 간의 분쟁이나 전쟁을 몰고 올 수도 있고 죽어가는 사람도 일으켜 세울 수 있겠다는 생각을 했다. 한 나라의 대통령도 광고로 뽑는 세상 아닌가?

나는 광고의 힘과 광고의 패악을 절실히 느낀다.

공익광고를 만드는 데는 엄청나게 막중한 책임이 따른다. 무엇이 공익인가에 대한 진지한 성찰이 먼저 필요하다. 시위대들은 데모가 공익이라 하고 전경들은 진압이 공익이라 한다. 난 방패 앞에 선 사람들과도 친하고 방패 뒤에 선 사람들과도 친하다. 공익을 외치는 자들은 서로 자기 입장이 공익이라 말하지만, '과연 무엇이 공익이란 말인가?'

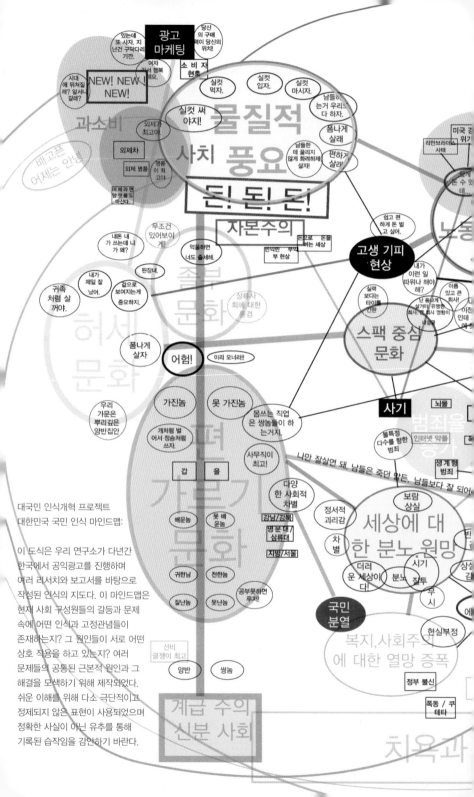

대국민 인식개혁 프로젝트
대한민국 국민 인식 마인드맵:

이 도식은 우리 연구소가 다년간
한국에서 공익광고를 진행하며
여러 리서치와 보고서를 바탕으로
작성된 인식의 지도다. 이 마인드맵은
현재 사회 구성원들의 갈등과 문제
속에 어떤 인식과 고정관념들이
존재하는지? 그 원인들이 서로 어떤
상호 작용을 하고 있는지? 여러
문제들의 공통된 근본적 원인과 그
해결을 모색하기 위해 제작되었다.
쉬운 이해를 위해 다소 극단적이고
정제되지 않은 표현이 사용되었으며
정확한 사실이 아닌 유추를 통해
기록된 습작임을 감안하기 바란다.

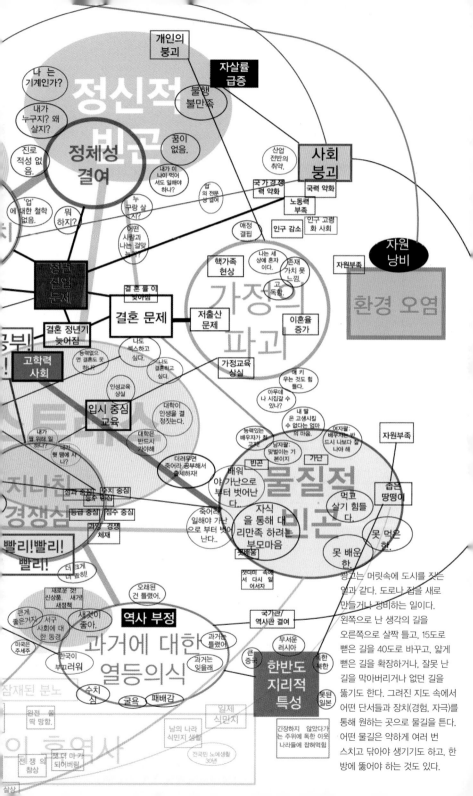

그 밖에
크고 작은 사회 문제들

청년 취업난 해소 캠페인.
청년 실업자의 절박한 심경을 달력으로 표현했다. 광고교육원생들과 공동 제작.

"손가락 하나로 사람을 죽일 수 있습니다"
인터넷 악플 · 언어폭력 근절 캠페인.

"음주는 천천히" 연말 음주 예절 캠페인 #1 / #2
광고교육원생들과 공동 제작.

"적게 먹으면 약, 많이 먹으면 독" 연말 음주예절 캠페인 #3
술을 아예 끊자는 게 아니라 적당히 기분 좋게 잘 먹자는 메시지를 담고 있다.

약.   독.

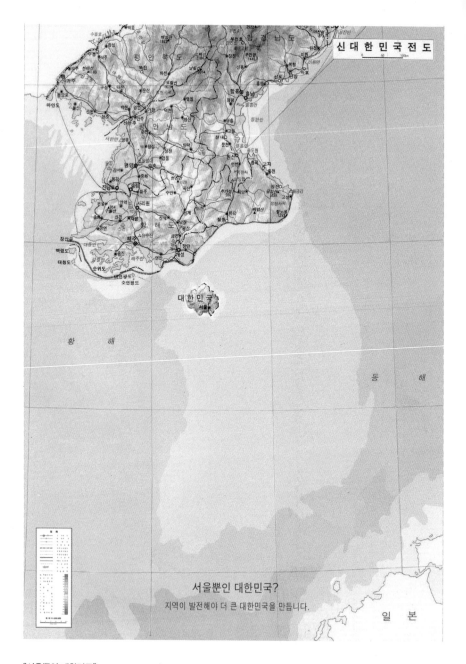

"서울뿐인 대한민국"
대한민국 정치, 경제, 사회, 문화 모든 시스템이 서울에만 쏠려 있는 심각한 서울 집중 현상을
표현한 지도 형태의 광고 포스터.

다문화 가정 인식 개선 캠페인
다문화포럼 TV CF 30"
노란 얼굴의 사람들이 경계 어린 눈빛으로
화면을 응시한다. 이 광고는 국내 거주
외국인들이 한국인들을 바라보는 시선을
표현했다. '한국인 지들도 얼굴이 노라면서
우리 피부색 가지고 왜 저래?' 하고 생각하지
않을까? 인종차별은 결국 우리 얼굴에 침
뱉기다.

외국인들에 대한 색안경을 벗읍시다.

오늘지원_이제석 광고연구소©

세계인권선언물 발표 60주년 기념 설치미술형 옥외광고. 서울특별시, 국제 엠네스티.
실제 사람 크기의 인체 모형이 낙서하는 듯한 모습으로 서울 시청역 지하철에 설치했다.
얼핏 보면 '인권을 보호하자'는 단순한 장면 같지만, 가까이 가서 자세히 들여다보면 인권을
보호하자는 사람이 인권을 짓밟고 있는 모순적인 장면이 연출된다.
인권보호는 말이 아닌 실천으로 하자는 의미를 전달하고 있다.

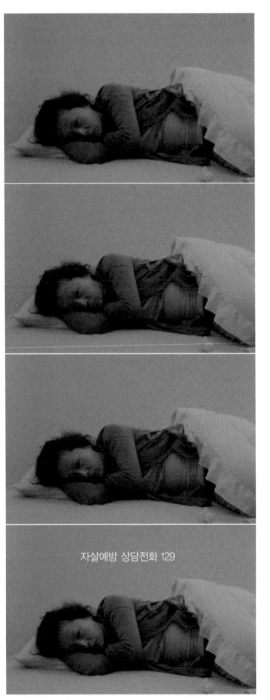

자살예방 상담전화 129

보건복지부와 자살예방센터의 자살 예방 광고
TV CF 30"
이 광고는 모델이 30초 동안 꼼짝도 않고
가만히 누워 있다. 우울증과 무기력증에 빠진
사람들을 유심히 관찰해 얻어낸 아이디어다.
한마디 대사도 없고 연기도 없었지만 효과는
대단히 성공적이었다. 일반인들은 대체
저게 뭐지? 하며 갸우뚱했지만, 당사자들은
정말로 자기 모습을 보는 것 같다고 전했다.
자살하려던 사람이 단 한 명이라도 마음을
바꾸고 상담 전화를 걸어오기를 희망하며
만들었다.

나의 아이

입양은 혈연을 초월한
위대한 사랑입니다.

홀트아동복지회 1588-7501
www.holt.or.kr

입양 가정 인식 개선 캠페인, 홀트아동복지회.

"쉿! 약 끊는 약 있어요"
익명성을 철저하게 보장한다는 것을 표현하기 위해 약을 거래할 때처럼 은밀하게 접근해 상담을
유도했다. 포스터로 제작해 서울역과 신촌역에 부착했다.

"숨지 말고 신고하세요"
남한테 알리지 못하고 숨어 지내는 약물 중독자들과 정서적 공감대를 형성하기 위해 꼭꼭 숨어 있는
인체 모형을 만들어 지하철 곳곳에 설치했다.

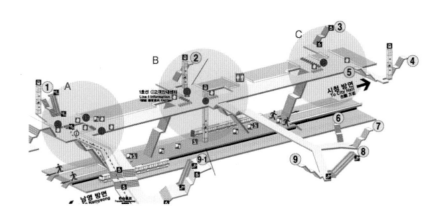

343

광고연구소의 공익광고 연혁 (2009~현재)

2014 아동인권보호 캠페인 (법무부 인권국)

2014 바른 인터넷 문화 확산과 사이버 언어폭력 근절 캠페인 (KISA 한국인터넷진흥원)

2014 4대 사회악 근절 캠페인 서울 남대문 경찰서 건물 외벽 및 서울역 일대 (경찰청 여성청소년과)

2014 정신질환 인식개선 캠페인 (보건복지부 정신건강정책과)

2014 해외식수지원캠페인 '빨대'편 서울 청계천 광장 (어린이재단)

2014 북한인권보호캠페인 '감옥요람'과 '가족사격용 과녁', 유엔 국제인권이사회장내 전개 (Human Rights Watch, NKDB, NK inside 공동 주최)

2014 학교폭력 예방 캠페인 '형아만 믿어', 부산역광장, 해운대, 부산지방경찰청 설치 (부산지방경찰청)

2013 해녀 유네스코 등재를 위한 모금 캠페인 '우리바다에서 지켜야 할 것은 독도만이 아닙니다' (유캔펀딩)

2013 역사의식 바로잡기 설치물 '붓을 든 이순신 장군' (포항시, NH농협)

2013 인권보호 캠페인 '인권은 말로만 하는게 아닙니다' (서울특별시, 국제 앰네스티 공동 주최)

2013 아베정권규탄광고 '인기몰이를 위해 나라를 팔아먹는다'

2013 가정폭력 예방캠페인 '부서진 TV는 고칠 수 있지만 부서진 마음은 고칠 수 없습니다' (여성가족부)

2013 경찰 치안 '총알같이 달려가겠습니다' 경찰차편, 새총편 (부산지방경찰청)

2013 치인 홍보 '슈퍼맨은 할일이 없습니다' 부산 시면엑 설치 (부산지방경찰청)

2013 독도수호 캠페인 '독도를 잃으면 나라를 잃는다' (NH농협)

2013 나라사랑 캠페인 '아빠, 우리 태극기 달아요' (국가보훈처)

2013 독거노인 돕기캠페인 '무인도' (광진노인복지 회관)

2012 다문화 인식 개선 캠페인 '노란얼굴' (건강가정진흥원)

2013 자살예방/상담 캠페인 (자살예방센터, 보건복지부)

2013 무료 마약/약물 치료권장 캠페인 '숨지마세요' (보건복지부)

2013 무료 마약/약물 치료권장 캠페인 '섲' (보건복지부)

2013 장기기증 인식 개선 캠페인 '한 사람이 아홉사람 살립니다' (생명 잇기)

2013 예술가 후원 캠페인 '계속하세요' (한국예술인복지재단)

2013 아동폭력근절캠페인 '구겨진 얼굴' (홀트 아동 복지회)

2013 미혼모 인식 개선 캠페인 '삐혼어진 시각' (홀트 아동 복지회)

2012 지적 장애 여성 성범죄 근절 캠페인 (여성재단)

2012 강남경찰서 부엉이 벽화 '경찰은 24시간 잠들지 않습니다' (경찰청)

2010~2012 월간 공익 광고 연재 '이제석의 좋은 세상 만들기' (영남일보)

2012 장애인 고용 불평등 해소 옥외 광고 '유리천장'

2012 대기오염농도 350, 환경 라디오 캠페인 '안성기' (환경재단)

2012 북한 핵무기반대 평화광고 '미사일대신 옥수수를' (글로벌 코울리션 포 피스)

2012 장애인 투표권 확충 독려 광고 '오늘도 유권자 14만명은 발길을 돌립니다'

2012 대중교통 장려 광고 '아빠 우리 큰차 타요'

2012 불우이웃돕기 '콩한쪽도 나누고 싶습니다' (사랑의 열매)

2012 CO2 농도 줄이기 운동 '350'ppm 환경 보호 캠페인 (환경재단)

2012 청년고용독려광고 '날마다 휴일이면 좋을까요?' (경기일자리센터)

2012 국제기아 모금캠페인 '백원이 모여 일억이 되었습니다' (월드비전)

2012 국제기아 모금캠페인 '한끼로 50명이 먹을 수 있습니다' (월드비전)

2011 대구시 육상 선수권 대회 홍보 (대구시, 세계육상선수권대회조직위)

2011 입양 인식 개선 캠페인 '남의 아이' (홀트 아동 복지회)

2011 치안제고 캠페인 '만약 하루만 경찰이 사라진다면?' (경찰청)

2011 학교 폭력 예방 캠페인 (KBS, 경찰청)

2011 공정무역 장려캠페인 (아름다운 가게)

2011 재활용 상품 브랜드 '광고는 공해다' (아름다운 가게, 에코파티 메아리)

2011 재활용품 기증 캠페인 '고물이 보물됩니다' (아름다운 가게)

2011 바른 음주문화 캠페인 '악이냐?독이냐?'

2011 장애인 성폭행 보호법 개정 촉구 캠페인 '네, 네, 네, 네'

2011 월간 공익 광고 연재 '나눔꽃 캠페인' (한겨레)
2011 장애인 고용 불평등 해소 캠페인 '헬렌켈러 마사지', '호킹전파사'
2011 주폭 예방 캠페인 '경찰서는 술집이 아닙니다' (경찰청)
2011 경향신문 창간호 기념 전면광고 '기자윤리강령' (경향신문)
2011 인터넷 예절 광고 '손가락 하나로 사람 죽이기'
2011 환경캠페인 나 하나쯤이야 (환경재단)
2011 녹색생활권장캠페인 '일회용 끊기, 담배 끊기보다 쉽다' (대통령직속 녹색성장위원회)
2011 아동결연 후원광고 '수혜국에서 공여국으로' (월드비전)
2011 사랑의빵 20주년 기념 광고 '20년이 지나도 썩지 않는 빵이 있습니다' (월드비전)
2011 저소득층자녀 장학지원사업 캠페인 (월성 종합사회 복지관)
2011 아프리카 보건 건강 홍보광고 (Stop Malia.org)
2011 학교폭력신고상담 117 홍보광고 '빵셔틀 운행중지!' (경찰청)
2011 예술가 후원 광고 '멍석을 깔아주세요'
2011 국제 영유아 건강보건 캠페인 '남의 아이들을 우리 아이처럼' (월드비전)
2011 서울 시민 표창장 캠페인 (서울시)
2011 예술문화사업 육성 캠페인 (한국문화예술위원회)
2011 광화문 이순신 동상 보수 공사 가림막 디자인 (서울시)
2011 아동 성폭력 근절 광고 (어린이 재단)
2011 재활용 장려 캠페인 '쓰레기도 잘 모으면 에너지가 됩니다' (환경재단)
2011 국제 어린이 보호 캠페인 '연장 대신 연필을 쥐어주세요'
2011 지역 불균형 해소 캠페인 '서울뿐인 대한민국'
2011 연말 불우이웃 돕기 캠페인 '그림의 떡'
2011 북한 어린이 돕기 캠페인 '아이들은 정치색맹입니다"
2011 한식세계화 '김치마스크/김치가 신종플루를 예방한다"
2011 국가 홍보 공익광고 'Is it really Korea?' (현대미술관)
2011 UN 산하 기관 국제 뇌교육 협회 홍보 활동 (IBREA)
2011 '비워터 팔찌' 국제 식수사업 홍보 캠페인 (사랑의 전화)
2010 '비프렌드 팔찌' 국제 기아사업 홍보 캠페인 (사랑의 전화)
2010 COP15 국제 환경 회담 / 환경기금마련 촉구 광고 '많이 싼 놈이 치워라' (환경재단, 환경운동연합)
2010 발목지뢰피해자들을 위한 걷기 대회, '당신의 걸음이 누군가를 걷게 합니다' (서울적십자사)
2010 MBC 나눔 캠페인 '이제 옆을 봅시다' (MBC)
2010 이동식 청소년 센터 버스 디자인 (들꽃청소년 세상)
2010 조선일보 국가 홍보성 설치 미술품 (조선일보)
2010 현대미술관 공사장 펜스 디자인 (현대미술관)
2010 수재민 돕기 캠페인 '앞이 깜깜합니다', '엄마' (재해구호협회)
2010 홀리스 자립 잡지(빅이슈) 표지 디자인 창간호 (빅이슈 코리아)
2010 동물보호/보신탕 근절 캠페인 '친구 아이가?' (KARA)
2010 공익광고 협의회 공익광고 공모전 '환경이슈' 포스터 제작 (KOBACO한국방송공사)
2010 재능기부 권장 캠페인 '재능을 나눕시다' (조선일보, 한국봉사협회 공동 주최)
2010 연말 불우이웃돕기 캠페인 '투명인간' (사랑의 열매)
2010 공정무역 초콜릿 '초코렛' (아름다운 가게)
2009 헌혈 권장 캠페인 '혈액만 나누는게 아닙니다' (대한적십자사)
2009 국제 기아 돕기 캠페인 '기아 24시간, 하루만 아이가 되어 보세요' (월드비전)
2009 적십자 회비모금 라디오 광고 '오늘은 내가 살게' (대한적십자사)
2009 노숙자 돕기 캠페인 '이 신문은 누군가의 이불이 됩니다' (대구적십자사)
2009 이라크 반전 · 평화 캠페인 '뿌린대로 거두리라' (세계평화연합)
2009 뉴욕 맨하탄 독도 수호 캠페인 'Stop Island Theft'

어느
광고쟁이의 꿈

한때 내 꿈은 세계 최고의 광고쟁이가 되는 것이었다.

이제는 꿈이 바뀌었다. 역사상 최고가 되는 것이다.

젊은 나이에 흥행 광고 몇 편 만들어서 성공했다느니 하는 평가는

사실 듣고 싶지 않다. 인생의 후반전에 가서, 내가 무슨 광고를

만들었는가가 아니라 내가 만든 광고로 세상을 어떻게 바꾸어

놓았는가를 두고 평가받고 싶다.

시각언어는 만국 공용어다. 국가와 언어와 문화를 초월하는 이

언어로 수십억의 인구와도 소통이 가능하다. 나는 이 초월의

언어를 통해 더 많은 사람들과 메시지를 나누고 싶다. 앞으로

국내뿐 아니라 더 많은 국제 단체들과도 함께 공존의 가치를

확산시키는 일을 할 것이다.

지금과 같은 고집으로 계속해서 좋은 작업물들을 쏟아낸다면

20년 후에는 아마 내 꿈이 이루어질지도 모른다.

내 나이 60에는 전 세계가 주목하는 산 역사가 되고 싶다. 세계

모든 광고쟁이들이 죽기 전에 허름한 우리 연구소를 반드시

성지순례하러 오게 만들고 싶다.

유엔 대표단이나 각국 대통령들이 내게 도움을 청하려고 연구소

옥상으로 헬기를 타고 오는 꿈도 꾼다. 물론 지금의 사무실이라면 천장이 무너져 내리겠지만.

광고인 최초로 노벨상 후보에도 한번 올라보고 싶다. 지금 내가 하고 있는 이 일이 전 인류의 마음을 움직이고 삶을 이롭게 하는 데 도움이 된다면 그렇게 되지 말란 법이 어디 있는가.

나는 권력가도 창조자도 아니다. 그저 도움이 필요한 사람들의 메시지를 수면 위로 드러내고, 대중에게 잘 들릴 수 있도록 통역하는 통역자일 뿐이다. 소통의 중심에 서서 사람들의 의식을 바꾸고 문제를 해결하는 역할을 나는 죽을 때까지 하고 싶다.

유엔 산하기관과 NGO들을 상대로 열린 '시각
언어를 통한 효과적인 캠페인 전략'에 관한
강연 모습.

아이러니한 진풍경
학교에서 꼴찌하던 놈이 1, 2등 하던 영재들이
다니는 회사에서 강연을 하고 있다.

유학 시절 유엔을 처음 가보고
꼭 여기에 다시 와서 세상에
중요한 일을 해야겠다고
생각했다.

348

일에 한 번 모이는 광고
럼 모임.

리에서 젊고 패기 넘치는
대 크리에이티브들을
하고 육성한다. 연구소
이 좋지 않아 때로는
한 골방을 빌려서, 때로는
집 담벼락 앞에서도
다는 이루어진다. 이름하여
리트 크리틱 스타일'.

카 나무 그늘 학교에서
을 얻었다. 배움에 대한
안 있으면 세상 모든 곳이
실이 될 수 있다.

대학교 4학년 때 교생실습 장면
어린 시절 나의 꿈은 시골 학교
미술 선생님이었다. 지금도 한
번씩 그 시절을 꿈꾼다.

네가 원하는 룰로
싸워야
이긴다!

"당신의 크리에이티비티는 어디서 나오는가?"

어딜 가든 나는 이 질문부터 받는다.

"파괴에서 나옵니다."

나는 늘 창조의 다른 말은 파괴라고 대답했다. 달걀 껍데기가 깨지는 순간 병아리가 태어난다고. 새로운 것을 만들고 싶으면 기존의 것을 깡그리 부수어야 한다고. 쉽지만 쉽지 않은 말이다.

내게 진짜로 크리에이티비티가 있다면 그 비결은 관점을 바꿔 다르게 생각하기 때문이 아닌가 싶다. 예컨대 생쥐가 강할까? 코끼리가 강할까? 나는 크다고 강한 건 아니라고 생각한다. 생쥐에게서 강한 걸 찾으면 그게 곧 강한 것이다. 이게 관점을 바꾸는 것이고 값어치 있는 걸 발견하는 길이다. 관점을 바꾸면 남들이 못 보는 것을 본다. 내가 살아가는 방식도 이와 다르지 않다.

단점을 장점으로 만들면 아무리 강한 상대에게도 뒤집기 한판승이 가능하다. 내가 타이슨과 주먹으로 싸워서 감히 이길 수 있을까? 천하의 타이슨도 손가락으로 두 눈을 콕 찌르면 꽥!이다. 내 나이에 이런 말을 해도 될지 모르겠지만 세상은 모순과 역설로 가득 차 있다. 전쟁은 인류의 가장 파괴적인 행위지만, 동시에 과학 기술의 발전을 이끈다. 예수는 스스로를 죽이고 영원히 살게 되었다. 차를 타고 천천히 가는 자 오래오래 달리며 멀리 갈 수 있고, 차를 타고 속도 내는 자 곧 천당으로 가서 운전을 못 하게 될 수도 있다. 이런 세상에서 살아남으려면 내 방식대로 하는 수밖에 없다.

남들이 옳다고 하는 것에 목을 맬 필요는 없다고 본다. 취직이든 성공이든 남들 하는 대로 하면, 극소수만 목적을 이룰 뿐이다. 나는 백남준이 무슨 미대를 나왔는지, 간디가 무슨 대학 철학과를 나왔는지 들어본 적이 없다. 남들이 옳다고 목에 핏대 세우며 말하는 것들을 하나하나 되짚으며 무엇이 옳고 틀린지 한번 따져보자. 그게 정말 맞는 것일까?

나의 주인은 바로 나다. 창의력이든 상상력이든 삶의 방식이든 다 자기 자신을 잃어버리지 않을 때 만들어지는 거다.

"벤츠 탄 놈, 소나타 탄 놈, 자전거 탄 놈 중에 누가 더 잘난 놈인가?"

이 질문에 한 가지 정답을 가지고 있다면 당신은 이미 룰의 노예인지도 모른다. 그런 관념을 몽땅 버려야 새로운 관점을 얻고 남과 다른 삶을 살 수 있다.

꼴등으로 달리던 놈도 결승점을 바꾸면 1등이 될 수 있다. 판이 불리하면 판을 뒤집어엎어라. 그러면 내게 불리한 것들조차 고스란히 내게 유리한 것이 될 수 있다.

마지막으로 나를 이렇게 만들어준 분들에게 감사의 말을 전하고 싶다. 나를 비웃었던 사람들, 냉대했던 사람들, 문전박대했던 사람들, 내게 고통을 알게 해준 이들에게 밥 한번 사고 싶다. 원망이 한 톨도 섞여 있지 않은 나의 진심이다. 내 인생에 큰 반전을 가져다준 국밥집 사장님을 포함해 나를 짓밟아주신 분들께 이 책을 바친다. 그들 때문에 나는 내 살길을 찾게 되었다.

광고천재 이제석 2부 끝

맺음말

내가 만든 광고들을 가만히 뜯어 보면 정말 별것 없다. 산, 권총,
부엉이, 케이크, 입술……. 아주 단순하고 평범한 것들이다. 사실
보는 누구나 '아! 나도 저런 생각 했는데!' 하는 빤한 수준이다.
내 크리에이티브의 제1원칙은 단지 '다르게 보기'일 뿐이다.
광고란 평범한 것에서 특별함을 느끼고, 못난 것에서 매력을 찾고,
오래된 것에서 새로움을 찾는 일이다. 주어진 대상을 바꾸는 일이
아니라 우리의 눈과 마음을 바꾸는 일이다. 세상에 쓸모없는 건
아무것도 없다. 세상 모든 것들의 가치는 궁리만 잘하면 얼마든지
달라질 수 있다. 그것이 광고쟁이에겐 최고의 희열이다.
사람도 마찬가지다. 여기서 천대받는 사람이 저기서는 귀한
대접을 받을 수도 있다. 가치 없는 취급을 받는 이들은 아직
스스로의 가치를 아직 발견하지 못했거나 그 가치를 발현할 수
있는 곳에 있지 않기 때문이지 그 사람 자체에 문제가 있는 게
아니다. 나 역시 제도교육권 내에서는 반 평균이나 깎아먹는 잉여
인간이었지만 그런 대우에 동의하지 않고 내게 유리한 판으로
스스로 옮겨 가기 위해 부단히 노력하고 있다.
나는 독자들이 부디 본인의 가치를 인정받는 분위기에서 가치

있는 일을 하며 재밌게 열심히 살길 바란다.

당장 뭘 할지 모르겠다고? 지금 하는 일이 재미없다고?

하고 싶은 일이 없다고?

'앞으로 뭐 하지?' 하는 질문은 '오늘 점심 뭐 먹지?'와 같은

질문이다. 짜장면 맛을 아는 사람만이 오늘 점심에 짜장면을

먹고 싶은지 고민하고 선택할 수 있다. 짜장면을 단 한 번도

먹어보지 않은 사람은 오늘 점심으로 짜장면을 먹고 싶다는

생각조차 떠올릴 수 없다. 뭘 할지 고민하는 사이에 뭐라도 해라.

그러면 앞으로 뭘 하고 싶은지 저절로 알게 될 것이다.

'뭘 하고 싶은지 알아야만 할 수 있는 게 아니라,

뭐라도 해봐야 뭘 할지 알게 된다.'

사회적 통념, 남들의 평가 같은 건 일단 접어두고 작지만 진짜

해보고 싶은 일부터 찾아보자. 그리고 무작정 도전해보는 거다.

고민하는 지금 이 순간 책을 덮고 재밌어 보이는 일을 당장 오늘

바로 이 순간부터 시작해라!

나는 아직도 목장갑을 자주 끼고 다닌다. 중요한 자리에서조차 특히. 마이클 잭슨의 다이아몬드 장갑처럼 나의 트레이드 마크라고 할까?

주위 어른들은 막노동꾼 같다고 말린다. 지나가던 아주머니가 애기 손을 붙잡고 '너 공부 못하면 커서 저런 일한다'라는 말은 들은 적도 있다. 막일하는 사람이 어때서, 섹시하지 않나.

하나에 500원 하는 목장갑은 빨갛게 고무를 발라놓아 이쁘기도 하지만 간판쟁이로써의 초심을 잊지 않기 위함이다. 목장갑을 끼고 이빨을 꽉 깨물면 어떤 고생스리운 일들도 단숨에 해낼 것 같은 자신감도 붙는다.

촌동네에 살던 한 간판쟁이는 이제 세상과 소통하는, 제법 영향력 있는 광고쟁이가 되었다. 나는 지금까지 세상 사람 누가 뭐라고 해도, 내가 좋아하는 일, 하고 싶은 일, 옳다고 생각하는 일들을 쭉 하며 살아왔다. 예나 지금이나 가시밭길을 달리며 생고생을 하고 있지만 하고 싶은 일을 하면 항상 즐겁다.

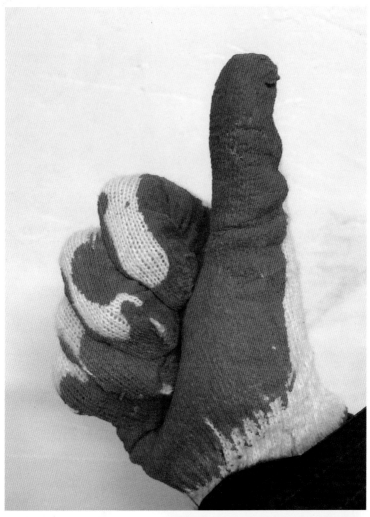

광고천재 이제석
세계를 놀래킨 간판쟁이의 필살 아이디어 2nd Edition
ⓒ 이제석, 2010, 2014

2010년 4월 1일 초판 1쇄 발행
2013년 5월 30일 초판 25쇄 발행
2014년 8월 30일 개정판 1쇄 발행
2023년 4월 1일 개정판 14쇄 발행

지은이 이제석
펴낸이 박해진
펴낸곳 도서출판 학고재
등록 2013년 6월 18일 제2013-000186호
주소 서울시 영등포구 경인로 775 에이스하이테크시티 2-804
전화 02-745-1722(편집) 070-7404-2791(마케팅)
팩스 02-3210-2775 | **이메일** hakgojae@gmail.com
페이스북 www.facebook.com/hakgojae

기획 김태수, 손철주, 이제석
표지디자인 이제석 광고연구소
Special Thanks to 이규홍, 송순화, 배순훈, 이추영, 엄소희, 이강백, 최학래, 장재이,
이중규, 천복수, 심재찬, 최열, 이금형, 정영규, 박보라, 김재영, 오은화, 소윤선, 주연화,
정의선, 이제훈, 신용선, 백승운, 윤지혜, 조현오, 최희준, 문갑식, 왕길환, 조원홍, 오세훈,
성근현, 정연철, 이청훈, 전재현, 신동혁, 이상옥, 민형식, 김영원, 국밥집 아저씨

ISBN 978-89-5625-229-2 03810